卷二
K～P

河洛話一千零一頁

——一分鐘悅讀河洛話

林仙龍　著

本書所使用音標（台羅音標）與其他音標對照表

本書音標	華語音標	羅馬音標	通用音標	國際音標	備註
聲　母					
p	ㄅ	p	b	p	
ph	ㄆ	ph	p	p'	
m	ㄇ	m	m	m	
b	ㄅ'	b		b	
t	ㄉ	t	d	t	
th	ㄊ	th	t	t'	
n	ㄋ	n	n	n	
l	ㄌ	l	l	l	
k	ㄍ	k	g	k	
kh	ㄎ	kh	k	k'	
h	ㄏ	h	h	h	
g	ㄍ'	g	g	g	
ng	ㄫ	ng	ng		
ts、tsi	ㄗ、ㄐ	ch、chi	z	ts	
tsh、tshi	ㄘ、ㄑ	chh、chhi	c	ts'	
s、si	ㄙ、ㄒ	s、si	s	s	
j	ㄗ'（ㄐ'） （口不捲舌）	j	j	dz	

本書音標	華語音標	羅馬音標	通用音標	國際音標	備註
韻 母					
a	ㄚ	a	a	a	
i	ㄧ	i	i	i	
u	ㄨ	u	u	u	
e	ㄝ	e	e	e	
o	ㄜ	o	e	o	
ɤ	ㄛ	ɤ	o		
ai	ㄞ	ai	ai	ai	
au	ㄠ	au	ao	au	
an	ㄢ	an	an	an	
-n	ㄣ	-n	en		
-m		-m	-m		
ang	ㄤ	ang	ang		
ong	ㄛㄥ	ong	ong		
ing	ㄧㄥ	eng	eng		
-ng	ㄥ	-ng	-ng		
ua	ㄨㄚ	oa	ua	ua	
ue	ㄨㄝ	oe	ue	ue	
uai	ㄨㄞ	oai	uai	uai	
uan	ㄨㄢ	oan	uan	uan	
ah	ㄚㄏ	ah	ah		入聲
ap	ㄚㄅ	ap	ap		入聲
at	ㄚㄉ	at	at		入聲
ik	ㄧㄍ	ek	ik	ik	入聲
a^n	ㄚ（鼻音）	a^n	ann		鼻音

本書標調方式

	第一調	第二調	第三調	第四調	第五調	第七調	第八調
標調 （例字）	e （蒔）	é （矮）	è （穢）	eh （厄）	ê （鞋）	ē （下）	e̍h （狹）

目次

m（ㄇ）

n（ㄋ）

0251　　　　　　　懸 【掛】

懸者掛也，掛者懸也，「懸掛」同義，此大家所共知，正因如此，現今幾乎已是「懸」「掛」不分，如北京話「皮包懸在壁鈎上」與「皮包掛在壁鈎上」，意思一樣，但「懸」和「掛」真的可以不分，可以互相完全替代或混用？

按懸，掛也，音hiân（ㄏㄧㄢ5）【廣韻：「懸，胡涓切，音玄」】，如懸壺濟世；亦音轉讀hê^n（ㄏㄝ5鼻音），如「事事且懸咧，另日處理」【「事事」讀做tāi-tsì（ㄉㄞ7-ㄐㄧ3）】；正字通：「懸，古作縣，俗加心」，故「懸」亦可讀如「縣kuān（ㄍㄨㄢ7）」，口語讀kuā^n（ㄍㄨㄚ7鼻音），作提物使懸空義，如手懸皮包。

「懸kuā^n（ㄍㄨㄚ7鼻音）」和「掛kuà（ㄍㄨㄚ3）」，聲音相近，義有關連：因物可「懸」故可「掛」，也因物可「掛」故可「懸」，當初造字者似乎早已明瞭。

河洛話「懸」是「懸」，「掛」是「掛」，「手懸皮包」和「皮包掛於【諸】手」係描述同一件事，但描述角度不同，站在「人」的角度是「手『懸』皮包」，站在「皮包」的角度是「皮包『掛』於【諸】手」，明顯有別。

0252　　　　　　　　　垂【掛】

師古曰：「縣，古懸字也」，作繫、掛解，不管是繫是掛，都作動詞。按「縣」屬糸部字，與繩線有關，最初應屬名詞實字，後來在運用上轉作動詞虛字，這是造字與用字常見的一種現象。

北京話「說那些有的沒的」，即河洛話「講彼類有綏無縣【「彼類」讀hit-lō（ㄏㄧㄅ4-ㄌㄜ7）】」，此處「綏sui（ㄙㄨㄧ1）」、「縣kuāⁿ（ㄍㄨㄚ7鼻音）」即皆為名詞實字。

「綏」、「縣」皆物之有所繫屬者，一頭繫於物者稱「綏【亦作綏】」，兩頭繫於物者稱「縣」，有了「綏」或「縣」，物始能提或掛，而可提或掛者必有「綏」或「縣」，不過兩者只能有其一，不能兼具，即「有綏」者必「無縣」，「有縣」者必「無綏」，故曰「有綏無縣」。

「縣」因兩頭皆繫於物，故可掛，因此「縣kuāⁿ（ㄍㄨㄚ7鼻音）」、「掛kuà（ㄍㄨㄚ3）」音近，「綏」因僅一頭繫於物，故下垂，因此「綏sui（ㄙㄨㄧ1）」、「垂suî（ㄙㄨㄧ5）」音近，前人造字實在有趣。

0253 掛保證 【給保證】

通常一個人在給予別人承諾，表示有所保證時，會說：「我掛保證」。

「掛保證」這個詞現今已很普及，路邊看板、報章雜誌、電視畫面或網際網路都常看見，其實這是個河洛話語詞，但寫法是有問題的。

試問：「保證」是怎樣的一種物事，能拿來「懸掛」？就算「保證」可以懸掛，又怎會是承諾的一種表示？

其實「掛保證」應該是「給保證」才對。河洛話說「掛kuà（ㄍㄨㄚ3）保證」是錯誤的，要說「給kah（ㄍㄚㄏ4）保證」才正確，「保證」是「給予」別人的一種承諾，這是很容易理解的。

「給」從糸合聲，口語讀如合kah（ㄍㄚㄏ4），因此，當售屋者說：「買次 ，給車位」，車商說：「買車，給防熱貼紙」，菜販說：「買生菜，給蔥仔」，我們不會覺得奇怪，但如果售屋者說：「買次，掛車位」，車商說：「買車，掛防熱貼紙」，菜販說：「買生菜，掛蔥仔」，不合理的地方便十分明顯了。

0254 木柵國、木柵甲、木柵角【木柵合】

聚合多人而成的組織極多，如家、邦、國、幫、朋、黨、派、組、群、夥……等，不過北京話也有「掛」的說法，如木柵掛，河洛話則作「木柵合」，意指木柵地區的人員組合，「合kah（ㄍㄚˋ4）」被說成「掛kuà（ㄍㄨㄚ3）【或kuah（ㄍㄨㄚˋ4）】」，和「給保證」被說成「掛保證」情形一樣。

「合」或亦可作「國」，俗說「咱是共一國的」，即我們是同一夥的，「國」讀kok（ㄍㄛㄍ4），音轉kuah（ㄍㄨㄚˋ4），這和「水蛙嘓嘓叫」，也作「水蛙呱呱叫」情況一樣。這裡的「國」不是指國家，而是指地方、地域，周禮地官掌節：「山國用虎節，土國用人節，澤國用龍節」，「國」就指地方，不指國家。

或亦可作「甲」，甲為舊時戶口編制單位，且用作地名，如五甲、獅甲，「甲」讀kah（ㄍㄚˋ4），音轉kuah（ㄍㄨㄚˋ4），情況和「合」、「給」一樣。

或亦可作「角」，謂角落也，亦用做地名，如東勢角、三貂角，「角」讀kak（ㄍㄚㄍ4）、kok（ㄍㄛㄍ4），音轉kuah（ㄍㄨㄚˋ4），情況與「國」一樣。

0255　一割人【一撥人】

在黑道用語中，有以地緣稱幫派者，如頂山幫、沙仔地幫，不過俗亦稱幫為「kuah（ㄍㄨㄚㄏ4）」，俗作「割」，寫成頂山割、沙仔地割，乍看之下，倒有些「割地稱霸」的意味，不過寫法仍不適宜，因為寫做「割」屬記音寫法，義不足取。

按「割」為名詞，應作「合」、「國」、「角」、「甲」【見0254篇】，亦為量詞，如稱一夥人為一合人、一國人、一角人、一甲人，但似乎亦可作「一撥人」。

「撥」俗讀puah（ㄅㄨㄚㄏ4），如撥空、郵撥；讀phah（ㄆㄚㄏ4），如撥電話、撥算盤；因「撥」從扌發聲，口語可讀如「發huat（ㄏㄨㄚㄉ4）」，h（ㄏ）、k（ㄍ）為同一發聲部位，可互轉，故「撥」口語可讀kuah（ㄍㄨㄚㄏ4），如一撥人。

宋史禮志二四：「共一千二百六十人，每六十人作一撥」，新兒女英雄傳第一回：「申耀宗見黑老蔡回來，領著一撥人，折騰得挺歡」，漢語大詞典：「撥，量詞。批；伙。用於人的分組」，可見「一撥人」乃成詞，即一批人、一夥人。

前述「頂山割」、「沙仔地割」，其實宜作「頂山撥」、「沙仔地撥」。

割香、刈香【加香】

0256

　　在一般民間道教活動中，常有信眾集體前往外地某信仰廟宇進香、祈福，往往陣容龐大，氣氛熱鬧，像辦喜事一般，河洛話稱為kuah-hiuⁿ（ㄍㄨㄚㄏ4-ㄏㄧㄨ1鼻音），俗多寫做「割香」、「刈香」，「香」指香火，加刀部字「割」或「刈」在「香」字前，其取義如何，實難體會，其與進香的關係更令人難解，尤其「刈」音ngāi（ㄤㄞ7），音與調皆不合，可謂相去甚遠。【按，雖戰國策秦策：「必割地以交於王矣」，杜甫望嶽詩：「造物鍾神秀，陰陽割昏曉」，割，分也，則「割香」即「分香」，但「分香」與「進香」是兩回事】

　　按「kuah（ㄍㄨㄚㄏ4）」實與「收割」無關，而與「添加」有關，即信眾添加香火以示虔誠，並藉此祈求降福，因此「kuah（ㄍㄨㄚㄏ4）」宜作「加」，「加ka（ㄍㄚ1）」的口語音就讀kah（ㄍㄚㄏ4）、kuah（ㄍㄨㄚㄏ4），如頭加大身、佔加贏面、有加聰明、走加緊唎【音義與「較」同】。

　　「加香」俗亦說「加火【「加」亦讀kuah（ㄍㄨㄚㄏ4）】」，就信眾立場來說，為廟宇神明加香加火，香火便更鼎盛，神蹟便更顯赫，大家所得的庇佑與福祿便更多。

0257

乖【佳】

　　說文：「乖，本義作戾解，乃曲而相背之意」，是個典型貶義字，從它造的詞即可見一斑，如乖舛、乖言、乖忤、乖邪、乖張、乖戾、乖悖……，簡直罄竹難書。

　　不過，「乖」亦作佳巧敏慧解，與本義適反，如乖巧、乖心肝、乖小孩，或許有人會說，古典用法中一字往往兼含正反義，如美、亂、勝、景……等，「乖」亦是。

　　紅樓夢第四十四回：「我的乖，不要生氣了」、「乖乖的替你媳婦陪個不是」，第四十八回：「花兩個錢叫他學些乖來也值」，第五十四回：「怎麼單單給那小蹄子兒一張乖嘴」，水滸傳第二十回：「你這黑三倒乖」，西遊記第四十二回：「好乖兒女，也罷也罷」，奇怪，看來乖字大行其「反」，原來大多是在白話小說裡頭。

　　說文：「佳，善也」，「佳」从人圭音，讀如圭，可讀ka（ㄍㄚ1）、ke（ㄍㄝ1）、kuai（ㄍㄨㄞ1）【同以「圭」為聲根的「蛙」即可讀kuai（ㄍㄨㄞ1），河洛話說「蝌蚪」為「蚪蛙tō-kuai（ㄉㄛ7-ㄍㄨㄞ1）」】，「乖」字作「佳巧敏慧」解，應源於「佳」字音轉訛寫的結果，不過因積非成是，約定俗成，今人寫kuai（ㄍㄨㄞ1）為「乖」，已不寫「佳」。

0258　倒手縣【倒手乖】

　　河洛人很奇怪，不但對男女性別有分別心，連對左邊右邊也有分別心，說右邊為「正平」，說左邊為「倒平」。

　　一個人如果習慣用右手，當然沒話說，要是習慣用左手，即所謂「左撇子」，便會被冠上「倒手縣tò-tshiú-kuāi（ㄉㄜ3-ㄑㄧㄨ2-ㄍㄨㄞ7）」的稱呼，聽起來怪怪的，似乎含有些許歧視的意味。

　　「縣」與懸同，本作懸掛義，作提起義時讀kuāⁿ（ㄍㄨㄚ7鼻音），「倒手縣」指以左手提起，不是指「左撇子」。

　　「右」既為正，為順，則「左」為倒，為乖，乖即乖逆不順，故「倒手縣」應作「倒手乖」，「乖」本讀一調，但口語讀七調。

　　左撇子亦有稱「倒手踆」，「踆」讀uaíⁿ（ㄨㄞ2鼻音），字典查不到這個字，大概是自造字，就算是成字，用「足」部字亦不妥，應寫「拐」為佳，拐，不順也，如拐孤【性情不和順而孤僻】，「拐」讀二調，口語音亦有「倒手拐」的說法。

貫串【慣串】

　　國朝漢學師承記朱筠：「孫星衍，字伯淵，讀書破萬卷，訓詁輿地及陰陽五行之學，靡不貫串」，陳鱣耆舊續聞：「先儒說此多矣，但難得經旨貫串」，醒世恆言徐老僕義憤成家：「自幼聰明好學，該博三教九流，貫串諸子百家」，「貫串」謂融會貫通也。

　　李漁閒情偶寄：「欲唱好曲者，必先求明師講明曲義，師或不解，不妨轉詢文人，得其義而後唱，唱時以精神貫串其中」，貫休上馮使軍水晶數珠：「泠泠瀑滴清，貫串有規程」，「貫串」作貫穿解。

　　正字通：「串，與慣通」，詩經大雅皇矣：「串夷載路」，傳：「串，習也」。荀子大略：「國法禁拾遺，惡民之串以無分得也」，注：「串，習也」。故串、習、慣同義，「習慣」、「慣串」皆為同義複詞，即習常、慣常、習慣。

　　「貫串kuàn-tshuàn（ㄍㄨㄢ3-ㄘㄨㄢ3）」與「慣串」同音卻異義，必須明辨。如「他慣串講大聲話」、「貫串頭尾無冷場」。

0260　高、縣【元、岏】

　　河洛話稱「高」為kuân（ㄍㄨㄢ5），俗有直接作「高」，但「高」讀ko（ㄍㄜ1），讀音及調值皆不符，除非訓讀，否則「高」不能讀kuân（ㄍㄨㄢ5）。

　　一般亦作「縣【或作「懸」】」，說文：「縣，繫也」，可讀hiân（ㄏㄧㄢ5），作繫懸義，如縣首；可讀kuāⁿ（ㄍㄨㄚ7鼻音），作提物使懸空義，如縣茶壺；兩者皆作動詞【作名詞時讀kuān（ㄍㄨㄢ7），如縣長】，或因繫懸、提物使懸空皆隱含物不在低處，故假借作「高」，何況「縣hiân（ㄏㄧㄢ5）」轉讀kuân（ㄍㄨㄢ5），極為合理。

　　按，元，亦天也，元德即天德，元運即天運，元象即天象，元造即天造，元命、元穹、元化、元父……亦是，因「天」從大一指事，指大【人】之最高處【後假借作宇宙之最高處】，「元」從儿二會意，即儿【人】之二【上】，故有上、高、大義，如元古、元旬、元吉、元老、元理、元麥、元善、元邈……，這就難怪「元」、「天」互通了。

　　「元guân（ㄍㄨㄢ5）」有高義，與kuân（ㄍㄨㄢ5）僅一聲之轉，應為正字，或亦可作「岏guân（ㄍㄨㄢ5）」，岏，高也【廣雅釋詁】，近僻字，歧義少，亦可用。

0261 心肝【心官】

　　「心sim（ㄒㄧㄇ1）」和「肝kuaⁿ（ㄍㄨㄚ1鼻音）」是兩種重要器官，彼此極為接近，故「心」、「肝」早就結合成詞，歐陽建臨終詩：「上負慈母恩，痛酷摧心肝」，李白長相思：「夢魂不到關山難，長相思，摧心肝」，蘇軾與李公擇書：「吾儕雖老且窮，而道理貫心肝，忠義填骨髓」，後來延伸出類似「心肝寶貝【喻如心似肝般的寶貝人物】」的詞句，便不足為奇了。

　　「腸」也是重要器官，結合「心」字，「心腸」亦成詞，作「心地」義。「心腸sim-tñg（ㄒㄧㄇ1-ㄅㄥ5）」河洛話亦說成sim-kuaⁿ（ㄒㄧㄇ1-ㄍㄨㄚ1鼻音），有作「心肝」，於是「心地善良」便寫做「心肝好」，「心腸軟」便寫做「心肝軟」。

　　「心肝好」是「心臟和肝臟的功能良好」，不是「心地善良」；「心肝軟」是「心臟和肝臟柔軟富彈性」，不是「心腸軟」。「心地善良」宜作「心官好」，「心腸軟」宜作「心官軟」，孟子告子上：「心之官則思，思則得之，不思則不得也」，官，器官也，官能也。故「心官」指抽象之心地，「心肝」則指具象之心臟和肝臟。

0262

干【乾】

　　教育部推薦河洛話三百詞有：乾kuaⁿ（ㄍㄨㄚ1鼻音），用例：肉乾、豆乾。

　　集韻：「乾，居寒切」，文讀kan（ㄍㄢ1），白讀kuaⁿ（ㄍㄨㄚ1鼻音），集韻：「乾，燥也」，呂覽禁塞：「單脣乾肺」，單ta（ㄉㄚ1）、乾kuaⁿ（ㄍㄨㄚ1鼻音）義近，皆作乾燥解。

　　古來早有烘曬物使乾之情事，詞例很多，如乾肉、乾柿、乾梅、乾脯、乾魚、乾棗、乾菜、乾糒、乾薑、乾鯗，口語說成倒語，如「乾肉」說成「肉乾」，「乾柿」說成「柿乾」，「乾梅」說成「梅乾」……。

　　有論者以為：「乾」宜作「干」，說「干」乃「非真正的乾，尚有水分、濕氣」，不知所據為何。其實，「干」與乾通，說文通訓定聲：「干，假借為乾」，集韻：「乾，通作干」，釋文：「干，本做乾」，惟「干」作乾燥義之詞例極少，中文大辭典「干」字下一一八個詞條裡頭，僅「干飯」一例，「干」作乾燥義，亦即等同「乾」字。

　　故寫做「肉乾」、「豆乾」應優於「肉干」、「豆干」。

0263　縣腳氣、懷腳氣【乾腳氣】

　　腳氣病為末稍神經疾病之一，其症狀，每先發下肢疲勞，消削萎縮，不能運動，謂之乾性腳氣，繼以麻痺，膝蓋腱反射完全消失，又稍稍心悸亢進，脈數增加，或更皮膚浮腫，尿量減少，特稱為水腫性腳氣。

　　這腳氣病還真麻煩，稱乾性腳氣，又稱水腫性腳氣，一乾一濕，令人混淆。

　　腳氣病在晚期會出現水腫現象，河洛話便稱「縣水kuāⁿ-tsuí（《ㄨㄚ7鼻音-ㄗㄨㄧ2）」，有說河洛話稱提水亦說「縣水」，故不宜，所以應寫做「懷水」，意思是懷帶水氣，「懷huâi（ㄏㄨㄞ5）」口語音亦讀kuāⁿ（《ㄨㄚ7鼻音），如懷一腹火、懷一點氣、腹肚懷水……。

　　腳氣病早期稱乾性腳氣，俗稱「縣腳氣」、「懷腳氣」，此時腳氣枯乾，消削萎縮，用「縣」、「懷」其實不宜，宜作「乾腳氣【「乾」讀kuaⁿ（《ㄨㄚ1鼻音），與「縣」、「懷」讀kuāⁿ（《ㄨㄚ7鼻音）音同調異】」，中文大辭典：「乾腳氣，病名，腳氣初發時，往往足部筋脈蹜縮，枯細不腫，俗因有乾腳氣之稱」。

0264　　　　水果【果子】

前期河洛話將「水果」說成「果子kué-tsí（ㄍㄨㄝ2-ㄐㄧ2）」，而非現在受北京話影響後所說的「水果tsuí-kó（ㄗㄨㄧ2-ㄍㄛ2）」。

「水果」應指水分較多的果子，如西瓜、芒果、哈密瓜等，水分較少的香蕉、蓮霧、柿子……等，應該不屬於「水果」涵蓋的範圍。

「果子」則涵蓋所有的「果實」，甚至還包括果實中植物藉以繁衍而得以生生不息的「種子【籽】」，也就是「果」和「子【籽】」，實在十分周衍。

「果」文讀kó（ㄍㄛ2），如水果、果汁、果然、如果；白讀kué（ㄍㄨㄝ2），如果子、果子樹、果子貍。這和「過」字一樣，罪過的「過」文讀kò（ㄍㄛ3），過去的「過」白讀kuè（ㄍㄨㄝ3）；也和「課」字一樣，「功課」白讀kong-khò（ㄍㄛㄥ1-ㄎㄛ3），白話則讀khang-khuè（ㄎㄤ1-ㄎㄨㄝ3），這就是河洛話口語音繁複之處，相當麻煩。

河洛話說到「水果」，應該說「果子」，不要再說「水果」。

0265　瓜笠【葵笠】

　　斗笠乃農業社會常見之物，河洛話稱kuê-lėh（《ㄨㄝ5-ㄌㄝ ㄏ8），俗作「瓜笠」。

　　就字面看，「瓜笠」有兩個意涵，一指以瓜為材料所製成的斗笠【由材料得名】，一指形狀似瓜的斗笠【由形狀得名】，然斗笠之材料與形狀實與「瓜」無關，將kue-lėh（《ㄨㄝl-ㄌㄝ ㄏ8）寫做「瓜笠」，極為不妥。

　　「瓜笠」宜作「葵笠」，南方草木狀：「蒲葵如栟櫚而柔薄，可為葵笠，出龍川」，海錄碎事服用笠：「貴州圖經云，郡有葵，可以為笠，謂之葵笠」，而廣韻：「葵，渠追切」，音kuî（《ㄨㄧ5），可轉kuê（《ㄨㄝ5），如垂、梅、惠、畫……亦是。

　　葵笠的「葵」指蒲葵，葉可製笠，曰「葵笠」，同理，葵葉製扇則曰「葵扇」，俗稱芭蕉扇，白居易遊豐樂招提佛光三寺詩：「竹鞋葵扇白絹巾，林野為家雲是身」，柳宗元行路難樂府：「盛時一去貴反賤，桃笙葵扇安可常」，范成大潮蚊詩：「驅以葵扇風，薰以艾烟濕」，晉書謝安傳：「有蒲葵扇五萬」，可見「葵笠」、「葵扇」早已成詞，不宜作「瓜笠」、「瓜扇」。

0266　過貓【蕨苗】

　　逛市場時，偶爾會看見商家用紙板標示貨物名稱及價錢，上頭寫著「過貓」，一定有人看不懂，尤其是不會聽和說河洛話的人，因為那是用國字直翻河洛話的結果。

　　「過貓」是一種蔬菜，屬蕨類植物的嫩莖嫩葉或嫩苗，河洛話說成kueh-niau（ㄍㄨㄝㄏ4-ㄋㄧㄠ1），商家寫做「過貓」，純屬記音寫法，缺乏考據及深義。

　　既然此菜是蕨類的嫩葉嫩苗，作「蕨苗」最為妥切，不但意義符合，字音亦符合。廣韻：「蕨，居月切」，文讀kuat（ㄍㄨㄚㄅ4），白讀kueh（ㄍㄨㄝㄏ4），「苗」韻書皆注biâu（ㄅㄧㄠ5），惟以「苗」為聲根所造之字，如「貓」、「瞄」、「鶓」，口語皆讀niau（ㄋㄧㄠ1），故「苗」亦可白讀niau（ㄋㄧㄠ1）。

　　同理，市場魚販販售的一種魚，河洛話說kueh-hî（ㄍㄨㄝㄏ4-ㄏㄧ5）、tsu-kueh（ㄗㄨ1-ㄍㄨㄝㄏ4），宜作「鱖魚」、「朱鱖」，俗作「鮕魚」、「朱鮕」，而夜市商家賣的「鮕魚湯」，也應作「鱖魚湯」。

　　鮕，字書未見收錄，純屬民間造字。

0267 規身軀【渾身軀】

　　全身，河洛話俗多作「規身」或「規身軀kui-sin-khu（ㄍㄨ
ㄧ1-ㄒㄧㄣ1-ㄎㄨ1）」，論者以為「規」乃畫圓工具，圓代表完
整，代表全部，所以「規身」代表全身，「規身軀」代表全身
軀，但觀諸典籍，卻無「規」字作「全部」義之用例。

　　「全身」亦即「渾身」，桃花扇沈江：「你看衣裳裡面渾
身硃印」，水滸傳第一回：「渾身卻如中風麻木，兩腿一似鬥敗
公雞」，杜荀鶴詩：「年年道我蠶辛苦，底事渾身著苧麻」，杜
仁杰耍孩兒套曲：「渾身上下，則穿領花布直裰」，西遊記第
七十五回：「那老魔聞此言，渾身是汗」，俗都以為「渾身」是
北京話，不知「渾身」也是河洛話，而且就讀做kui-sin（ㄍㄨㄧ1-
ㄒㄧㄣ1），雖「渾」音hûn（ㄏㄨㄣ5），卻因从水軍聲，口語讀
如軍kun（ㄍㄨㄣ1），音轉讀做kui（ㄍㄨㄧ1）。

　　故「規身」、「規身軀」應寫做「渾身」、「渾身軀」，這
樣寫也更加平易近人。

　　講到人體部位，kui（ㄍㄨㄧ1）不妨作「渾」，如「渾頭殼
想的攏是你」、「渾肢骸痠了了」、「渾嘴內苦葉葉」、「渾腹
火【有作「鬼腹火」，這怎麼說呢】」。

0268　規家【舉家】

　　為河洛話定字時，最怕的是一味堅持一音一字、一字一音，而忽視一音多字、一字多音的現象，例如代表「口」的tshuì（ㄘㄨㄟ3），以為只作「嘴」，不知有時可作「喙」；例如以為「口」字作單位時只能讀kháu（ㄎㄠ2），如一口井、一口檳榔，不知有時亦可讀kha（ㄎㄚ1），如一口布袋、一口手環。河洛話是精密典雅的古老語言，用字當然得精確活潑，馬虎不得。

　　作「全部」義的kui（ㄍㄨㄧ1）字，當其指陳對象是人體時，相當於「渾」【見0267篇】。當其指陳對象是地理空間時，不妨另外作字，但絕非「規」字。

　　古文對此似乎早有釐清，指陳地理空間時，往往用「舉」字表示全部，如「舉天下」、「舉世」、「舉國」、「舉朝」、「舉家」，且類此亦有「舉城」、「舉鎮」、「舉鄉」、「舉村」、「舉里」、「舉山頭」、「舉水池」……等流傳於口語間。

　　廣韻：「舉，苟許切，音莒kí（ㄍㄧ2）」，左氏襄六：「君舉不信群臣乎」，注：「舉，皆也」，亦即都、全，「舉」口語遂借「皆kai（ㄍㄞ1）」音，讀做kui（ㄍㄨㄧ1）。

規年【**期年、經年**】

　　kui（《ㄨㄧ1）有「全部」義，運用於人體用「渾」字，如渾身軀、渾頭殼；運用於地理空間用「舉」字，如舉國、舉家；運用於時間呢？是否也有不同寫法？

　　觀諸古文，kui（《ㄨㄧ1）字運用於時間，確實別有用字。例如白居易慈烏夜啼詩：「晝夜不飛去，經年守故林」，長恨歌：「悠悠生死別經年」，史記燕世家：「不期年，千里馬至者三」，中庸：「擇乎中庸，不能期月守也」，桃花谿：「桃花竟日隨流水」，以上「經年」、「期年」即整年，「期月」即整月，「竟日」即整日，「經」、「期」、「竟」皆作「全部」義。

　　細觀之，「期ki（《ㄧ1）」、「經king（《ㄧㄥ1）」、「竟king（《ㄧㄥ3）」三字音近，而「期ki（《ㄧ1）」與kui（《ㄨㄧ1）僅差一個u（ㄨ）音，最適合做kui（《ㄨㄧ1）的代表字；「經king（《ㄧㄥ1）」亦讀kiⁿ（《ㄧ1鼻音），如羅經，與kui（《ㄨㄧ1）音亦近，亦可用；「竟」字三調，調異，較不適合。

　　如是則可造詞：期年、期月、期禮拜、經年、經月、經禮拜……等。

0270　　規【歸】

　　表示「全部」的河洛話kui（ㄍㄨㄧ1），大多冠於名詞前，「舉」冠於空間名詞前，如舉家、舉國，「期」、「經」冠於時間名詞前，如期年、經年，「渾」冠於身體名詞前，如渾身、渾頭殼，不過kui（ㄍㄨㄧ1）亦有冠於其他如動物、植物、器物、食物……等之前，該如何用字？

　　kui（ㄍㄨㄧ1）一般並不直接冠於動物、植物、器物、食物……等之前，而在kui（ㄍㄨㄧ1）與動物、植物、器物、食物……間往往加一量詞，此時kui（ㄍㄨㄧ1）不妨寫做「歸」，如歸條弓蕉、歸片樹葉、歸粒椰子……。

　　按，歸，返也，往也，依歸也，至於目標也，合也，後引申轉作集結義，集結為一條稱「歸條」，如歸條弓蕉黃董董，集結為一片稱「歸片」，如歸片樹葉爛了了，集結為一粒稱「歸粒」，如歸粒椰子漚涸涸。

　　照說，冠於空間名詞前的「舉」，冠於時間名詞前的「期」、「經」，冠於身體名詞前的「渾」，皆可以統一寫做「歸」，但不宜寫做「規」。

0271　規百人【近百人】

　　河洛話說「全部」為kui（ㄍㄨㄧ1），不過有時kui（ㄍㄨㄧ1）不作「全部」義，例如「將近一百人」，河洛話說kui-pah-lâng（ㄍㄨㄧ1-ㄅㄚㄏ4－ㄌㄤ5），這裡的kui（ㄍㄨㄧ1）作「將近」義，不作「全部」義，作「規百人」不妥，作「舉百人」、「渾百人」、「期百人」、「經百人」、「歸百人」，亦不妥。

　　「將近一百人」，可作「近百人」，雖韻書注「近」讀上聲或去聲，不讀平聲，然「近」是形聲字，從辵斤聲，口語可讀如斤kin（ㄍㄧㄣ1）【亦有讀kun（ㄍㄨㄣ1）】，與「渾」從水軍聲，口語讀如軍kun（ㄍㄨㄣ1），而音轉讀kui（ㄍㄨㄧ1）一樣，「近」口語讀kui（ㄍㄨㄧ1）。

　　其實本應作「幾」，爾雅釋詁：「幾，近也」，廣韻：「幾，居衣切，音機ki（ㄍㄧ1）」，可轉kui（ㄍㄨㄧ1）【與「期ki（ㄍㄧ1）」音轉kui（ㄍㄨㄧ1）一樣】，只是「幾」亦作「多少」義，讀kuí（ㄍㄨㄧ2），則「幾百人」若不注音，「幾」讀一調作近百人義，讀二調作好幾百人義，詞義迥異，極易產生混淆。

0272 結規丸【結歸丸、結為丸】

一個人心情不好，河洛話有一夸說，說是「心肝『kiat-kui-uân（ㄍㄧㄚㄅ4-ㄍㄨㄧ-ㄨㄢ5）』」，此一kui（ㄍㄨㄧ1）字不作「整個」、「全部」義，亦不作「將近」義，作「結規丸」、「結渾丸」「結舉丸」、「結期丸」、「結經丸」皆不妥。

在此，kui（ㄍㄨㄧ1）又是何義？

在此，kui（ㄍㄨㄧ1）接在動詞「結」之後，可有兩種寫法，一是它亦為動詞，與「結」字結合為複合動詞，則kui（ㄍㄨㄧ1）可作「歸」，結即凝結；歸即聚合；結歸，凝聚也；結歸丸，凝聚成丸也。

一是連詞，把動詞「結」與名詞「丸」連結起來，則kui（ㄍㄨㄧ1）可作「為」，作「成為」義，「結為丸」即凝結成為丸狀。集韻：「為，于媯切，音溈uî（ㄨㄧ5）」，置前變七調，kui（ㄍㄨㄧ1）置前亦變七調，兩者口語音相近。

隨便抓同音字來造河洛話語詞是極不妥的，「合義合音」當為首務，作「心肝結歸丸」、「心肝結為丸」方為上策。

0273 規氣、歸氣【徑其】

索性、乾脆、直接了當或表示斷然徑行，河洛話曰kui-khì（ㄍㄨㄧ1-ㄎㄧ3），教育部建議用詞作「規氣」，異用字「歸氣」，俗有作「耿潔【即清白貞潔】」，皆欠合。

筆者以為kui-khì（ㄍㄨㄧ1-ㄎㄧ3）不妨寫做「徑其」。

臺灣漢語辭典中，頸、競、耿、竟等king（ㄍㄧㄥ）音字，都音轉kui（ㄍㄨㄧ），集韻：「徑，堅靈切，音經king（ㄍㄧㄥ1）」，亦可音轉kui（ㄍㄨㄧ1），世說新語傷逝：「便徑入坐靈床上，取子敬琴彈」，校書郎王公夷仲墓誌銘：「守方宴賓，卒不顧，衝幕徑上，雜坐妄語」，二刻拍案驚奇卷二：「走出一個丫鬟來，徑望店裡走進」，徑，直接也。

其，紀異切，音kì（ㄍㄧ3），作句中助詞用，無義，如詩曹風：「彼其之子，不稱其服」，詩衛風氓：「兄弟不知，咥其笑矣」，詩秦風小戎：「言念君子，溫其如玉」。

「徑其」即徑【「其」字無義】，即直接、乾脆、索性，讀做kui-khì（ㄍㄨㄧ1-ㄎㄧ3），河洛話「死較徑其」、「徑其去死」、「徑去死」意思都是「乾脆【直接】去死」。

0274　頷頸【頷膣】

　　北京話「脖子【或稱「頸」】」，河洛話說ām-kún（ㄚㄇ7-ㄍㄨㄣ2），有作「頷管」，音義有其合理處，然河洛話一般稱「管」者，言其中空且成長條狀，如嚨喉管、鐵管、水管、鱗管，「管」口語多讀kóng（ㄍㆦㄥ2）或kńg（ㄍㄥ2），但不讀kún（ㄍㄨㄣ2），將脖子寫做「頷管」，欠佳。

　　有作「頷頤」，廣韻：「頤，古很切」，讀kún（ㄍㄨㄣ2），說文：「頤，頰後也」，段注：「頰後，謂近耳及耳下也」，所指亦即頸部。

　　亦可作「頷頸」，說文：「頸，頭莖也」，釋名釋形體：「頸，徑也，徑挺而長也」，廣韻：「頸在前，項在後」，故項前稱頸，頸後稱項，廣韻：「頸，居郢切，音景kíng（ㄍㄧㄥ2）」，音轉kún（ㄍㄨㄣ2），音義皆稱貼切。

　　俗稱甲狀腺腫大者為tuā-ām-kui（ㄅㄨㄚ7-ㄚㄇ7-ㄍㄨㄧ1），有作「大頷頸」，「頸」字聲調不合，宜作「大頷膣」，膣為頷下藏食物之囊，甲狀腺腫大者猶如頷下膣藏食物而成飽腫狀，故名，集韻：「膣，居希切，音機ki（ㄍㄧ1）」。

0275　幾落、幾多【幾外、幾略】

　　「幾」可作未定詞，表未定之數，如「他今年三十幾歲」，表未定之數的還有：約、略、近、外、許，如約三十、略三十、近三十、三十外、三十許【見0085篇】。

　　未定詞【與疑問詞不同】幾百、幾千、幾萬的「幾」，俗亦說kuí-lō（ㄍㄨㄧ2-ㄌㄛ7），多作「幾落」，臺灣漢語辭典作「幾多」，然「幾多」為疑問詞，非未定詞，作多少義，如李煜虞美人詞：「問君能有幾多愁」，白居易想歸田園詩：「人間能有幾多人」，邵雍再到洛陽詩：「幾多興替在其中」，且「多」讀一調，調亦不符。

　　按，「幾」有多義，如「幾百」表示多個百，「百幾」表示比百多，其中「百幾」河洛話亦說「百外」，即在百之外，即比百多，則「幾外」可視為同義複詞，義等同「幾」，「外guā（ㄍㄨㄚ7）」可轉luā（ㄌㄨㄚ7）、lō（ㄌㄛ7）、lā（ㄌㄚ7）。

　　「略」亦為未定詞，表未定之數，與幾同，「幾略」亦可視為同義複詞，義等同「幾」。「略」讀liók（ㄌㄧㄛㄍ8）、lióh（ㄌㄧㄛㄏ8）、liák（ㄌㄧㄚㄍ8），置前變三調，與lō（ㄌㄛ7）置前語音一樣。【按，俗亦有說「幾略」為kuí-lák（ㄍㄨㄧ2-ㄌㄚㄍ8）】

0276　關、君【軍】

　　「關說」一詞由來已久，史記佞幸列傳記：「此兩人非有材能，徒以婉佞貴幸，與上臥起，公卿皆因關說」，索隱：「關訓通也，謂公卿因之而通其詞說」，史記梁孝王世家：「大臣及袁盎等，有所關說于景帝」，關說，通其詞說也。

　　河洛話說「以言語或行動擊之、逼之、激之、誘之」為kun（ㄍㄨㄣ1），不能寫做「關kuan（ㄍㄨㄢ1）」，「關」是以言語牽之、通之、媚之、成之，剛好相反。

　　kun（ㄍㄨㄣ1）宜作「軍」，周禮秋官朝士：「凡盜賊軍鄉邑及家人殺之無罪」，國語齊語：「齊桓公軍譚遂，而不有也，諸侯稱寬」，左傳襄公二十六年：「楚師輕窕，易震蕩也，若多鼓鈞聲，以夜軍之，楚師必遁」，以上「軍」皆作攻擊解，今下象棋，欲擊殺對手主帥時，必呼「軍」或「將軍」，同義。

　　「軍」有時與「君」同，但此處「軍」作動詞，若改作「君」字，「君」也必須作動詞，但「君」為動詞時，作主宰、統治義，不作「以言語或行動擊之、逼之、激之、誘之」義，故kun（ㄍㄨㄣ1）宜作「軍」，不宜作「君」。

滾笑、諢笑【誜笑】

0277

　　有些人天生樂天，整天嘻皮笑臉，愛開玩笑，河洛話會說這種人愛「kún-tshiò（ㄍㄨㄣ2-ㄑㄧㄛ3）」，一般都寫做「滾笑」。

　　按「滾」字作大水流貌，引伸作旋轉義，若用「滾」字來形容笑，造「滾笑」詞，我們只能將之解釋為「笑貌」，作大笑之連續不斷貌，或大笑之激烈翻騰貌，相當於時間長度較長的大笑，或激烈程度較強的大笑，而不是戲言或說笑。

　　「滾笑」與言語有關，故有作言部的「諢笑」，集韻：「諢，弄言」，唐書逆臣史思明傳：「思明愛優諢」，優諢指愛耍寶的小丑，明道雜志：「錢穆剖決甚閑暇，雜以談笑諢語」，諢語即戲謔之語，以「諢笑」表示戲言或說笑，義可行，但廣韻：「諢，五困切」，讀gùn（ㄍㄨㄣ3），音雖近，但調不合。

　　「滾笑」、「諢笑」宜作「誜笑」，集韻：「誜，翫人也，或作讃、誜」，可見「誜」即以言語戲玩人，集韻：「誜，古本切，音衮kún（ㄍㄨㄣ2）」。

　　「誜笑」即戲言，即說笑，即搞笑，音與義皆與河洛話說法相符。

0278　滾水【㳽水】

杜甫登高詩：「無邊落木蕭蕭下，不盡長江滾滾來」，句中的「滾滾」乃狀流水之詞，集韻：「滾，大水流貌，或作混、渾」，可見「滾水」指滾動的水。

北京話「開水」，指正煮沸或煮沸過的水，河洛話稱kún-tsuí（ㄍㄨㄣ2-ㄗㄨㄧ2），俗多作「滾水」，「滾水」指滾動的水，但未必然指煮沸滾動的水，它也可以指稱溪河之中滾動的水流，故以「滾水」專指正煮沸或煮沸過的水，並不妥當。

中華大字典似乎受到河洛話「滾水」說法的影響，曰：「滾，俗謂燙沸曰滾」，似乎幫河洛話「滾水」的說法建立了正當性。

說文：「灊，㳽也」，段注：「水部曰㳽，灊也，今俗字㳽作滾，灊作沸」，說文：「㳽，灊也」，周禮注曰：「今燕俗名湯熱為觀，觀即㳽。今江蘇俗語，灊水曰滾水，滾水即㳽語之轉也」，續字彙補：「㳽，古短切」，讀kúan（ㄍㄨㄢ2），可音轉kún（ㄍㄨㄣ2）。

再說㳽沸、㳽㳽、㳽湯、㳽溢、㳽灊等成詞，「㳽」皆作沸解，故「㳽水」為正煮沸或煮沸過的水，「滾水」則指滾動的水流，二者迥然有別。

0279 久力【搰力、劂力、屈力】

河洛話kut-la̍t（ㄍㄨㄅ4-ㄌㄚㄅ8），與北京話「努力」意思差不多。

若將kut-la̍t（ㄍㄨㄅ4-ㄌㄚㄅ8）寫做「久力」，音勉強可通，「久」音kú（ㄍㄨ2），置前讀一調，與kut（ㄍㄨㄅ4）置前讀八調音近【調值相同，但一調音長，八調音短】，若「力」作動詞，「久力」即「長久致力」，與「努力」同義。

kut-la̍t（ㄍㄨㄅ4-ㄌㄚㄅ8）俗多作「搰力」，按「搰」從扌骨聲，讀如骨kut（ㄍㄨㄅ4），集韻十一沒：「搰、搰搰，用力貌」，慧琳音義一百：「搰搰，用力不已也」，莊子天地：「搰搰然用力甚多，而見功寡」，釋文：「搰，用力貌」，可見將河洛話kut-la̍t（ㄍㄨㄅ4-ㄌㄚㄅ8）寫做「搰力」，音義皆合。

亦可作「劂力」，王念孫云：「屈與劂古同聲」，「劂」讀如屈khut（ㄎㄨㄅ4），廣雅釋詁一：「劂，強也」，元包經大壯：「劂仡仡」，注：「劂，強力也」。

亦可作「屈力」，呂氏春秋慎勢：「堯且屈力」，李覯袁州州學記：「有屈力殫慮，祗順德意」，屈力，竭盡其力也。

一卡皮箱【一口皮箱】

一些口狀容器，如花瓶、水缸、桶子、袋子、箱子⋯⋯，或一些口狀飾物，如戒指、手環、耳環、手鍊⋯⋯，它們的單位詞，河洛話都說成kha（丂丫1），俗都寫做「卡」，例如一卡皮箱、一卡水桶、一卡水缸、一卡紙袋、一卡手環，這寫法適宜嗎？

北京話裡頭，「卡」作單位詞時，指熱量單位，為「卡路里」之簡稱，如五百卡、三大卡，河洛話也如是用【顯然是受北京話的影響】，但不做別種單位詞使用。

「一卡皮箱」其實是誤寫【音也不對，「卡」讀tsàh（卩丫⫪8）、tsà（卩丫3），俗讀khá（丂丫2）、khà（丂丫3），調不合】，正寫寫法大家早都耳熟能詳，就是「一口皮箱」，試想：口狀物以「口」為單位詞，不是最自然、最理所當然的嗎？為何要用一個不搭稱的「卡」呢？

「口」字讀音繁多，可讀khió（丂一ㄛ2），如住口、口角；可讀kháu（丂ㄠ2），如人口、一口井；可讀káu（《ㄠ2），如啞口、餉口食家自；可讀kha（丂丫1），例如港口、口數【「數」siàu（ㄒ一ㄠ3）】、十嘴九口稱，以及當口狀器物之單位詞，如一口皮箱、一口紙袋、一口玉環。

0281　樹腳【樹下】

聽人家說「桌『kha』」時，是說「桌腳」？還是「桌下」？難以分辨。

「桌腳」和「桌下」，河洛話都說成toh-kha（ㄉㄜㄏ4-ㄎㄚ1），聲音一樣，義卻有別，前者指桌子的腳，後者指桌子的下面。像這樣的詞，全羅派【主張河洛話全部採用羅馬拼音書寫的，稱為「全羅派」；主張採漢字與羅馬拼音混用的，稱為「漢羅派」】可要傷腦筋了。

現在很多人書寫這個表方位的詞kha（ㄎㄚ1），一概寫成實字「腳【或「跤」、「骹」】」，這是錯誤的，這種一音一字的做法，往往把河洛話用字弄得粗糙、簡單，終致犯錯，破壞河洛話用字的典雅性及合理性。

一般用「腳」字的，可找到與其對稱的「頭」字，如山腳和山頭，牆腳和牆頭，指的都是實體物。用「下」字的，也可找到與其對稱的「頂」字，如山下和山頂，樓下和樓頂，指的是方位，是虛詞。

有趣的是，頭腳不一定絕對對稱，例如有「樹頭」，卻沒有「樹腳」，大家說的「樹kha（ㄎㄚ1）」，只能寫成「樹下」。

【按，開下褲、莊下的「下」口語亦讀kha（ㄎㄚ1）】

0282　土腳【土下】

說文：「天，顛也」，本指頭頂，乃人體最高處【「天」从大一，大象人形，一在大上，指人頭頂位置，屬指事字】，後引伸指稱宇宙最高處，與「地」相對。

天，高高在上，遙不可及，雲煙也好，星辰也罷，盡在天上，河洛話稱「天上」為「天頂thiⁿ-tíng（ㄊㄧ1鼻音-ㄉㄧㄥ2）」，乃宇宙之極頂。

地，近在腳邊，探手可及，行住坐臥，衣食育樂，皆寄於此，河洛話稱thô-kha（ㄊㆤ5-ㄎㄚ1），寫法與「天頂」相對，應作「土下」。

「土下」有二義，一指地面【亦即地】，一指地面之下，區分之道往往得靠動詞，例如倒於土下、落於土下、坐於土下，「土下」指地面；埋於土下、藏於土下、深入土下，「土下」指地面之下。【按，「天頂」亦有二義，一指天，一指天之上】

thô-kha（ㄊㆤ5-ㄎㄚ1）俗多作「土腳」，或嫌「腳」讀kha（ㄎㄚ1）係訓讀音，欠準確，而作「土跤」、「土骹」，雖「腳【或跤、骹】」居物體下端，終究是實字，不若「下」字來得妥切。

0283 開腳褲【開下褲】

有一種專門給幼兒穿的褲子，褲襠洞開以利大小便，北京話稱「開襠褲」，河洛話叫做「開腳【或作跤、骹】褲khui-kha-khò（ㄎㄨㄧ1-ㄎㄚ1-ㄎㄛ3）」。

既是褲子，必有兩條褲管，河洛話稱「褲管」為「褲腳khò-kha（ㄎㄛ3-ㄎㄚ1）」，此兩條「褲腳」勢必分開，絕對不會連在一起，因此天底下的褲子一定是「開褲腳」，或說天底下的褲子一定是「開腳褲」。

「開腳褲」指的是褲腳左右分開的褲子，這乃是褲子樣式的常態，我們幾乎可以肯定，褲子只要有褲管，必定是「開腳褲」，所以用「開腳褲」指稱褲襠洞開的開襠褲，實在不恰當，是訛誤的寫法。

「開腳褲」應寫做「開下褲」，「下」指下方，「開下」即褲子底下【即褲襠】洞開，此處的「下」口語讀kha（ㄎㄚ1），屬方位詞。

方位詞「下」文言讀hā（ㄏㄚ7），口語讀kha（ㄎㄚ1），日常用例極多，如樹下、樓下、桌下、椅下、車下、庭仔下、胳腋下……，簡直不可勝數。

0284　庄跤【莊下】

俗將「鄉下」的河洛話寫做「庄跤tsng-kha（ㄗㄥ1-ㄎㄚ 1）」，似乎不只是記音寫法，至少「庄」是「莊」的俗字，表示村莊，「跤」與「骹」同，義為「脛」，俗泛稱「腳」，居身體下部，暗表「下」義，雖然這樣，「跤」與「骹」乃標準實字，「庄跤」一詞詞構顯得奇怪，有些勉強。

古來市朝都城人文薈萃，屬上層社會，鄉鎮村莊平靜樸實，屬下層社會，其「上下」的抽象概念，似乎早已約定成俗。

「上下」一般多作方位詞，如前後左右上下；如上所述，亦作等級高低詞，如上流、下流；亦可作動詞，具「來往」義，除「北上南下」外，前往市朝都城用「上」，如上朝，前往鄉鎮村莊用「下」，如下鄉，這也是約定俗成的用法。

因此，河洛話稱鄉村為「鄉下hiong-hā（ㄏㄧㆦㄥ1-ㄏㄚ 7）」，亦說「莊下tsng-kha（ㄗㄥ1-ㄎㄚ1）」，合理且自然。

「下」口語讀kha（ㄎㄚ1），如樓下、山下、樹下、灶下、胳腋下……等。

0285

跤兜【下頭】

　　教育部推薦河洛話用字中：「兜，音讀tau（ㄉㄠ1），對應華語：家、附近，用例：阮兜、跤兜」，而另一推薦字「跤」，用例有「下跤」，問題極大。

　　集韻：「骹，說文，脛也，或作跤」，河洛話說腳為「跤kha（ㄎㄚ1）」，是個實字，引伸作虛詞「下」，會出問題。

　　如「蚼蟻於桌腳」句，便分不清蚼蟻在桌子腳上，還是在桌子下面，故表方位不宜作「跤」，應寫「下」，「下跤」宜作「的下【或底下、下下】ê-kha（ㄝ5-ㄎㄚ1）」，如桌仔的下【即「桌仔下」】，眠床的下【即「眠床下」】，如此一來，壁跤與壁下、桌跤與桌下、眠床跤與眠床下，牆仔跤與牆仔下……，音同義異，一實一虛，判然有別。

　　至於「以腳兜轉，表示小範圍」，故「跤兜」指附近，則純屬自撰之詞，無據。

　　kha-tau（ㄎㄚ1-ㄉㄠ1）宜作「下頭」，義與上下、左右、前後同，詞構亦同，屬反義複詞，一左一右，一前一後，一下一上【頭】，如「伊大概三十歲下頭」，在此，「頭」字口語讀tau（ㄉㄠ1）【中文大辭典：「兜，與頭通」，「頭」可發「兜tau（ㄉㄠ1）」音】。

0286　一坎店【一广店】

　　建築物的單位詞向來不多，常見的有「間」，如一間草寮；有「棟」，如一棟大樓；有「棧」，如五棧樓；另有「坎khám（ㄎㄚㄇ2）」，如一坎店【與「一間店」同】。

　　「坎」原指凹陷地形，作凹陷、壙穴義，引申危險、憂慮，實難用來計算屋舍【典籍亦無用例】，若說「坎」可借作單位詞，或許可用於坎坷不平的地形，如五坎石梯。

　　若將khám（ㄎㄚㄇ2）寫做「間」，義可通，雖集韻：「間，賈限切，音簡kán（ㄍㄢ2）」，音近khám（ㄎㄚㄇ2），惟「間」作屋室量詞時，俗皆讀king（ㄍㄧㄥ1），不讀二調kán（ㄍㄢ2），故不妥。

　　Khám（ㄎㄚㄇ2）可寫做「广」，說文：「广，因厂為屋也。從厂，象對剌高屋之形」，所謂剌高屋即「宀」【指完整之建築，有屋蓋及前後二面牆壁】，「广」差「宀」一面牆壁【有後牆壁而無前牆壁】，乃簡略之建築，如廚、廁、廳、庫、庵、廠……等，六書正譌：「广，小屋之名」，或可借作計算較小屋舍之量詞，如一广店。

　　「广」音giám（ㄍㄧㄚㄇ2），可轉gám（ㄍㄚㄇ2），再轉khám（ㄎㄚㄇ2）。

0287　探咳嗽【謦咳嗽】

「人未假，聲先假【假，至也，口語讀kàu（ㄍㄠ3），見0189篇】」一般有兩種狀況，一屬無意，一屬故意，河洛話說的khām-kha-sàu（ㄎㄚㄇ7-ㄎㄚ1-ㄙㄠ3）則屬後者。

若作「探咳嗽」，意謂事前試探以咳嗽聲，義合，但「探thàm（ㄊㄚㄇ3）」得轉聲又變調始能讀khām（ㄎㄚㄇ7），聲調不合。

若作「勘咳嗽」，意謂事前勘探以咳嗽聲，義合，不過「勘」音kham（ㄎㄚㄇ1）、khàm（ㄎㄚㄇ3），調不合，且「勘咳嗽」俗略說「勘嗽」，寫法義雖可通，但俗亦有「勘一聲」之說，如「老師勘一聲，全班攏不敢出聲」，只知以「一聲」相「勘」，卻失去以「咳聲」警示之義，故「勘」字欠妥。

Khām（ㄎㄚㄇ7）應作「謦」，玉篇：「謦，欬聲也」，莊子徐無鬼：「久矣夫，莫以真人之言，謦欬吾君之側乎」，注：「輕曰謦，重曰欬」，說文：「謦，從言殸聲，殸，籀文磬字」，故「謦」讀如磬khīng（ㄎㄧㄥ7），可轉khām（ㄎㄚㄇ7）。

「謦咳嗽」、「謦嗽」、「謦一聲」寫法皆通，khām（ㄎㄚㄇ7）寫做「謦」最佳。

0288 好空【好工、好康】

「好康hó-khang（ㄏㄜ2-ㄎㄤ1）」是一句大家耳熟能詳的河洛話，可以作名詞，也可以作狀詞。

hó-khang（ㄏㄜ2-ㄎㄤ1）作名詞用時，意指好事情、好機會，俗有作「好空」，以為是「好空課」的略語，「空課」即工作，讀做khang-khuè（ㄎㄤ1-ㄎㄨㄝ3），俗亦作「功課」，若如是說，則寫做「好工」似更佳，因為「空課」不宜略稱「空」，「工課」卻可略稱「工」，且「工課」為成詞，張可久曲：「紅帳梅花病維摩，奈老何，學坐鉢，做工課」，顧德潤曲：「人聲傀儡棚中過，嘆烏兔似飛梭，消磨歲月新工課，尚父蓑，元亮歌」，紅樓夢十二回：「定要補出十天的工課來方罷」。

hó-khang（ㄏㄜ2-ㄎㄤ1）作狀詞用時，作「好」義，宜作「好康」，釋名釋道：「康，昌也，盛也」，索隱：「康，大也」，「好康」即好之大者，即大好、極好。

「好工」為名詞，如「有好工湊相報」；「好康」為狀詞，如「他有夠好康，買彩券得大獎」。

0289

有空【有款】

　　河洛話稱有錢為ū-khang（ㄨ7-ㄎ尢1），臺灣語典卷三作「有空」：「有空，謂有錢也。空與孔通；謂有孔方也」，按古時因錢幣中央有一方形孔洞，故稱錢為「孔方」，甚至稱兄道弟，稱「孔方兄」，不過「孔方」卻不能略稱「孔」，故雖空通孔，「有空」通「有孔」，卻不等同「有孔方」。「有空」、「有孔」作有空隙解，非作有錢解，如「壁有空，雨會潑入次內」。

　　作有錢義的「有空」宜作「有款ū-khang（ㄨ7-ㄎ尢1）」，中文大辭典：「款，科也。條例諸事各為科也……，又俗謂經費曰款項，亦本於款目之義，省稱曰款，如籌款、撥款之類是」，又曰：「款，與空通，說文通訓定聲：『款，假借為空』。史記范雎蔡澤傳：『款足謂之鬲』，索隱：款者，空也」，漢書司馬遷傳：「實不中其身者，謂之款」，可見「款」白話可讀如空khang（ㄎ尢1）。

　　「有款」俗另有一讀，讀做ū-khuán（ㄨ7-ㄎㄨㄢ2），作有其樣子解，另用以反說人之失分寸，如「他近來愈來愈有款，你要加講一下」。

0290　孔【空】

說文：「空，竅也，从穴工聲」，廣韻：「空，苦紅切」，讀做khong（ㄎㆲ1），如空氣、航空；亦讀khang（ㄎㅤ1），如空手、空腹，鼻空【鼻腔】、嘴空【嘴腔】。

集韻：「空，竅也，通作孔」，莊子秋水：「計四海之在天地閒，不似礨空之在大澤乎」，釋文：「空音孔，礨孔，小穴也」，正韻：「空，康董切」，此時「空」讀如孔khóng（ㄎㆲ2）。

就聲調說，「空」可讀一、二、三調【廣韻：「空，苦貢切」，可讀khàng（ㄎㅤ3），如空三位、空三日】，「孔」卻只能讀二調，兩字實難混用。然有論者以為：空，內外皆空；孔，內空外不空，故涵孔、大孔、細孔、破孔、排水孔等皆不作「空」，不知所據為何。

河洛話「井空」、「山空」、「洞空」，「空」皆讀khang（ㄎㅤ1），但因「空」可作名詞及狀詞兩種用法，以上諸詞遂皆具二義，如「井空」有井竅【名詞】、井中空空【狀詞】二義，唸時「井」若因置前由二調變一調，作井竅義；若「井」雖置前卻不變調，仍讀二調【本調】，「井空」作井中空空義；「山空」、「洞空」亦然。

匡仔先【尻仔先】

「匡」从匚王聲，乃受物之器，音khong（丂ㄛㄥ1）。

「匡【即「筐」】」為受物之器，形下凹而可容物；人體眼部狀況亦如是，故亦稱「匡」，史記淮南王安列傳：「淚滿匡而橫流」，「匡」即後來的「眶」。

後來「框架」、「框物」亦運用此道理，故亦稱「匡」，如目鏡匡、窗仔匡，「匡」即後來的「框」；惟此處「匡」白讀khing（丂ㄧㄥ1）。

亦有說「匡」為受物之器，於陶瓷即成食器，如飯匡、匡仔，「匡」即後來的「坩」，惟此處「匡」白讀khaⁿ（丂ㄚ1鼻音）。

或說「匡」為受物之器，故男同性戀之零號者稱「匡仔先khaⁿ-á-sian（丂ㄚ1鼻音-ㄚ2-ㄒㄧㄢ1）」，謂其扮演女性角色，如「匡」之受物【陽具】也。

其實男同性戀之零號者以「尻【肛門，即河洛話說的「尻脽kha-tshng（丂ㄚ1-ㄘㄥ1）」】」受物，非以「匡」受物，故應稱「尻仔先」，而男性間之雞姦行為即稱「攻尻kòng-khaⁿ（ㄍㄛㄥ3-丂ㄚ1鼻音）」。

敲刻【扣尅、扣刻】

臺灣語典卷四：「敲刻，猶刻剝也，謂人之貪婪也。類篇：敲，擊也；刻，削也」，亦即今語之「剝削」。

「敲刻」河洛話讀做khau-kioh（ㄎㄠ1-ㄎㄧㄜㄏ4）或khau-khik（ㄎㄠ1-ㄎㄧㄍ4），不過「敲」原作橫摘解，「敲刻」作擊而削之義，與「剝削」不同，連氏將「敲」硬作「敲詐」解，將「敲刻」作敲詐而削之義，義雖近，仍未吻合。

「敲刻」宜作「扣尅」、「扣刻」【其實「敲」指短距離橫打或直打，與「叩」、「扣」同語】，漢語大詞典：「扣尅，亦作扣刻，截留財物，不按應發的全數發給」，初刻拍案驚奇：「世間有做將帥扣刻軍餉，不勤武事，敗壞封疆的」，侯方域代司徒公屯田奏議：「敢有賣閒占役，以老幼濫充，及扣尅月糧者，察訪糾參，重真之法」，儒林外史第一回：「翟買辦扣尅了十二兩，只拿十二兩銀子送與王冕」，清會典事：「朕向來聞得廣東徵收糧米，需索扣尅，是屬累民」，福惠全書：「無絲毫染指扣尅」。

「扣」音khàu（ㄎㄠ3），口語亦讀khau（ㄎㄠ1），如扣鐘擂鼓【同「敲鐘擂鼓」】。

0293 枯風【吹風】

　　臺灣漢語辭典：「枯風，以風乾物也。大漢和辭典：枯，乾燥之也」，此處「枯khơ（ㄎㄛ1）」音轉khau（ㄎㄠ1），作動詞。其實「枯風」即「吹風」，「吹風」本就可使物乾，且「吹」字本就可讀khau（ㄎㄠ1），因為：

　　至，到也，「至tsì（ㄐㄧ3）」加聲符「刂to（ㄉㄛ1）」成為「到tò（ㄉㄛ3）」。

　　斤，斧也，「斤kin（ㄍㄧㄣ1）」加聲符「父hū（ㄏㄨ7）」成為「斧hú（ㄏㄨ2）」。

　　頁，頭也，「頁iap（ㄧㄚㆴ8）」加聲符「豆tāu（ㄉㄠ7）」成為「頭thâu（ㄊㄠ5）」。

　　同理，欠，吹也【說文：「欠，張口氣悟也，象氣从儿（人）上出之形」，即吹】，「欠khiàm（ㄎㄧㄚㄇ3）」加聲符「口kháu（ㄎㄠ2）」成為「吹khau（ㄎㄠ1）」。

　　「吹」俗多讀tshue（ㄘㄨㆤ1），含氣動成風【自然現象】與張口出氣【人為現象】兩種現象。「吹」讀khau（ㄎㄠ1），限用於氣動成風的自然現象，如吹風曝日、風吹面、荷風吹漁去【亦讀tshue（ㄘㄨㆤ1），不過「吹」指張口出氣的人為現象時，只能讀tshue（ㄘㄨㆤ1）】。

064

詼哂【揩洗、剾洗】

廣韻：「詼，苦回切，音盔khue（丂ㄨㄝ1）」，如詼諧khue-hâi（丂ㄨㄝ1-ㄏㄞ5），可音轉khe（丂ㄝ1），甚至音轉khau（丂ㄠ1）。

廣韻：「哂，式忍切」，讀sún（ㄙㄨㄣ2），因「哂」从口「西se（ㄙㄝ1）」聲，又是上聲，亦可讀sé（ㄙㄝ2）。

詼，嘲戲也。哂，嘲笑也。「詼哂」為同義複詞，作「用言語挖苦」解，河洛話有兩種讀法，一是khe-sé（丂ㄝ1-ㄙㄝ2），一是khau-sé（丂ㄠ1-ㄙㄝ2）。

不管是khe-sé（丂ㄝ1-ㄙㄝ2），還是khau-sé（丂ㄠ1-ㄙㄝ2），不一定非得透過語言表達不可，舉凡用肢體的表情、動作也可以表達，寫做「詼哂」則純指語言的表達方式。

若借肢體的表情或動作來表達，khe-sé（丂ㄝ1-ㄙㄝ2）可作「揩洗」，khau-sé（丂ㄠ1-ㄙㄝ2）可作「剾洗」。揩，刮也，如揩鼎、揩油、揩壁。剾，刨也，如剾皮。揩、剾、洗皆動詞，皆可作「挖苦」義，與「剾嘴鬏」、「洗面」一樣。

0295　哭枵【叫囂】

　　嬰兒哭鬧，一般不外肚子餓了、褲子溼了、身體病了或不舒服，如果是肚子餓而哭鬧，河洛話說「哭枵khàu-iau（ㄎㄠ3-ㄧㄠ1）」，如「細漢嬰仔大聲號，一定是哭枵，緊給他飼牛奶」。

　　枵，空虛也，與虛通。正字通：「凡物虛耗曰枵，人飢曰枵腹」，唐書殷開山傳：「糧盡眾枵」，意思是糧食吃光了，大家都餓肚子；「枵」作空虛、飢餓解，後來便有枵枵、枵骨、枵腹從公、枵腹終朝……等與肌餓有關的語詞。

　　河洛話說khàu-iau（ㄎㄠ3-ㄧㄠ1），有時並不指因飢餓而造成的哭鬧，而在指擾人的大聲叫囂，寫做「哭枵」並不適當，應該寫做「叫囂」。

　　集韻：「叫，古幼切」，讀kiù（ㄍㄧㄨ3），口語多讀kiò（ㄍㄧㄛ3），廣韻：「叫，古弔切，音較」，讀kiàu（ㄍㄧㄠ3）、kàu（ㄍㄠ3），可音轉khàu（ㄎㄠ3），劉半農游香山紀事詩：「公差勃然怒，叫囂如虎吼」，若將詩中的「叫囂」讀做khàu-iau（ㄎㄠ3-ㄧㄠ1），一幅公差囂張動怒的情景，多生動呀。

撲克牌【揭示板】

　　撲克牌是一種外來物品，河洛話俗稱「牌仔」或「紙牌仔」，但「牌仔」或「紙牌仔」屬泛稱詞，指所有牌狀賭具，亦即所謂賭牌，如老鼠牌、四色牌、十胡……，並非「撲克牌」之專稱，說「紙牌仔」即撲克牌，無法服眾。

　　記得小時候，我們都稱撲克牌為khe-tsí-páng（丂せ1-ㄐㄧ2-ㄅㄤ2），那是日本話，其實撲克牌日文的漢字寫法就是「揭示板」，那是撲克牌的某種玩法，贏家在揭示手上最後第二張牌宣示勝利時喊「揭示板khe-tsí-páng（丂せ1-ㄐㄧ2-ㄅㄤ2）」，接著喊sit‧tóng‧phuh（ㄒㄧㄅ4‧ㄅㄛㄥ2‧ㄆㄨㄏ4），打出最後一張牌，表示贏了牌局，也表示牌局結束。sit‧tóng‧phuh（ㄒㄧㄅ4‧ㄅㄛㄥ2‧ㄆㄨㄏ4）就是「停」的英文STOP【屬譯音，或可作「息擋博」，作賭博結束義】。

　　唐代時期，日本派外交官、僧侶、留學生到中土學習唐文化，「揭示板」三字該是當時從中土帶去日本的，沒想到過了一千多年，它卻冠在西洋撲克牌上頭，又傳到臺灣來，所謂語言的外銷轉進口，就是這樣。

0297 夾車【窄車、搾車】

　　擁擠窄迫，北京話稱「擠」，河洛話稱kheh（ㄎㄝㄏ4），俗有作「夾」，如擠車寫做「夾車」，廟口人很擠寫做「廟口人誠夾」。

　　篋，小箱子也，讀kheh（ㄎㄝㄏ4），「篋」是形聲字，以「夾」為聲根，可見「夾」的白話可讀kheh（ㄎㄝㄏ4），從造字結構看，「夾」表示從左右兩方相對擠迫，可作動詞，如夾咧、相夾，亦可作狀詞，如後漢書東夷傳：「其地東西夾，南北長」，夾，狹窄也，與「狹」字同。

　　有作「剋」，言「剋」即磨擦、排擠，如相剋、金剋木，故人擠於車中稱「剋車」。

　　或亦可作「窄」，廣韻：「窄，側伯切」，白讀tsheh（ㄘㄝㄏ4），音轉kheh（ㄎㄝㄏ4），集韻：「窄，狹也」，字彙：「窄，迫也」，本為狀詞，轉作動詞則作「使之狹迫」義，即河洛話說的kheh（ㄎㄝㄏ4）。不過「窄」俗多作狀詞，作動詞時同「搾」字，故北京話「擠車」，河洛話作「窄車」、「搾車」。

　　「窄」亦音轉eh（ㄝㄏ8），亦即「阨」，如房間誠窄。

0298 提【挈】

　　臺灣語典卷一：「扡，持也。為提之轉音。淮南子：俶真提挈天地。註：一手曰提，兩手曰挈」。

　　在此連氏以為「扡」字義與「提」同，音相近，「提」讀平聲五調，「扡」讀入聲，讀做theh（ㄊㄝㄏ8），故說「為提之轉音」，或許連氏以為「扡」從扌宅聲，可讀如宅theh（ㄊㄝㄏ8），但集韻：「扡，陟加切」，讀ta（ㄉㄚ1），作張開貌解，義其實不合，連氏以「扡」作theh（ㄊㄝㄏ8），應屬假借寫法，有其可取處，但欠說服力。

　　theh（ㄊㄝㄏ8）應作「挈」，其實前述註文即曰「一手曰提，兩手曰挈」，「挈」字近在眼前，不請自來，說文：「挈，縣持也」，廣雅釋詁四：「挈，提也」，漢書韓信傳：「信挈其手」，注：「挈，謂執提也」，「挈」字從手轫聲，讀如轫，可讀khè（ㄎㄝ3）、khiat（ㄎㄧㄚㄉ4）、kheh（ㄎㄝㄏ8），口語亦讀theh（ㄊㄝㄏ8）【亦可作「掭」，廣雅釋詁一：「掭，取也」】。

0299　一齒年【一紀年】

　　一些人同生肖卻不同歲數，其差齡必為十二的倍數，河洛話稱此「十二年」為tsit-khí-nî（ㄐㄧㄅ8-ㄎㄧ2-ㄋㄧ5），俗作「一齒年」。

　　齒，年齡也，舉凡齒力、齒序、齒位、齒長、齒衰、齒盡、齒窮、齒歷……等，「齒」字皆指年齡。因年齡俗亦作「年齒」，遂有將其倒語「齒年」視為成詞，如一齒年、二齒年、三齒年……，然「齒年」作十二年義，實無據。

　　「一齒年」宜作「一紀年」，按「紀」為量詞，有稱一紀為一千四百四十年，如詩大雅疏：「三統曆七十二歲為一蔀，二十蔀為一紀」；有稱一紀為三十年，如班固幽通賦：「皇十紀而鴻漸兮，有羽儀於北京」，應劭曰：「紀，世也」，一世即三十年；有稱一紀為十二年，如書經畢命：「既歷三紀，世變風移」，孔傳：「十二年曰一紀」，國語晉語四：「蓄力一紀，可以遠矣」，韋昭注：「十二年歲星一周，為一紀」，韓愈寄盧仝詩：「先生結髮增俗徒，閉門不出動一紀」，顧炎武冬至寓汾州之陽城里祭畢而飲有作詩：「流離踰二紀，愴悅歷三都」，一紀，即十二年。

起工【紀綱】

　　有一則運用會意法和頓讀法製成的謎，謎題是「違章建築」，猜一句河洛話口語，答案是「無照起工」，解謎時謎底必須頓讀為「無照，起工」，別解為「無執照之建築工事」，亦即違章建築。

　　河洛話「無照起工 bô-tsiàu-khí-kang（ㄅ'ㄛ5-ㄐㄧㄠ3-ㄎㄧ2-ㄍㄤ1）」，本義是「不依照規矩」，「無照」即不依照、不遵照，「起工」即規矩、規章、紀律、準則，「起工」其實宜作「紀綱」。

　　書經五子之歌：「今失厥道，亂其紀綱」，左氏哀六：「今失其行，亂其紀綱」，禮記樂記：「作為父子君臣，以為紀綱」，荀子堯問：「足以為紀綱」，資治通鑑周紀：「何謂禮，紀綱是也。何謂分，君臣是也。何謂名，公侯卿大夫是也」，紀剛者，法紀與政綱，亦即供眾遵行之規律。

　　「一紀年」的「紀」白讀 khí（ㄎㄧ2），「紀綱」的「紀」亦白讀 khí（ㄎㄧ2），「紀」本讀 kí（ㄍㄧ2），不送氣轉送氣，讀成 khí（ㄎㄧ2）。

0301　牙【齒】

　　說來奇怪，北京話說「牙」，河洛話很多都說成「齒」，如北京話說牙膏、牙刷、牙籤、牙齦、牙垢、牙科，換成河洛話，卻說齒膏、齒抿【「抿」讀bin（ㄅㄧ－ㄣ2）】、齒剔【「剔」讀thok（ㄊㆦㄍ4）】、齒岸、齒垢、齒科。

　　時至今日，「牙」與「齒」似乎不分，牙者齒也，齒者牙也，「牙齒」已成為同義複詞。說文：「牙，壯齒也」，段注：「統言之皆偁齒偁牙，析言之，則前當脣者偁齒，後在輔車者偁牙」，本草牙齒：「兩旁曰牙，當中曰齒」，可謂說法紛紜，莫衷一是，令人丈二金剛，摸不著頭緒。

　　倒是本草野豬：「其形似豬，而大牙出口外如象牙」，本草象：「兩吻出兩牙夾鼻」，明確指出：長出口外者稱「牙」，如象牙、豬公牙，相對於「齒」，「齒」則指長於口內，不出於口外者，如馬齒、羊齒、牛齒。

　　談到人類，除暴牙外，實無牙，故河洛話稱齒膏、齒抿、齒剔、齒岸、齒垢、齒科，要比北京話稱牙膏、牙刷、牙籤、牙齦、牙垢、牙科，來得合宜。

0302　清氣【清潔】

　　「乾淨」、「清潔」的河洛話說成tshing-khì（ㄑㄧㄥ1-ㄎㄧ3），俗多作「清氣」。

　　「清氣」就字面上有「清新之氣」義，與「乾淨」、「清潔」倒有相近處，只是這寫法顯然捨近而求遠，捨簡而就繁，捨平易而就險僻，有悖河洛話簡樸、通暢和典雅的特性。

　　其實tshing-khì（ㄑㄧㄥ1-ㄎㄧ3）應可直接寫做「清潔」，因為「清潔」俗讀tshing-kiat（ㄑㄧㄥ1-ㄍㄧㄚㄉ4），亦可讀tshing-khì（ㄑㄧㄥ1-ㄎㄧ3）。

　　舉凡像「契」、「挈」、「絜」、「潔」、「齧」等形聲字，不管從大、手、糸、水、齒，都有一個相同的字根做聲音，讀做khè（ㄎㄝ3）或khì（ㄎㄧ3），因此「潔」除讀做kiat（ㄍㄧㄚㄉ4），亦可讀khì（ㄎㄧ3），說文新附：「潔，瀞也，從水絜聲」，新附考：「潔，清也，經典通作絜kiat（ㄍㄧㄚㄉ4）」，然集韻：「絜，詰計切，音契khè（ㄎㄝ3）」，俗亦讀khì（ㄎㄧ3），可見「清潔」乃同義複詞，讀做tshing-kiat（ㄑㄧㄥ1-ㄍㄧㄚㄉ4），亦讀做tshing-khì（ㄑㄧㄥ1-ㄎㄧ3）。

0303　儉嘴【忌嘴】

　　或因減肥，或因疾病，或因某些因素，人忌食某些東西，河洛話說khiūⁿ-tshuì（ㄎㄧㄨ7鼻音-ㄘㄨㄧ3），有作「儉嘴」，以因「忌諱」而致「儉約」其嘴取義，故這個不能吃，那個不能喝，嘴巴「儉約」得很。

　　亦有作「訆嘴」，玉篇：「訆，禁也」，「訆」音khiū（ㄍㄧㄨ7），音近似。

　　韻部「iong（ㄧㄛㄥ）」可轉「ioⁿ（ㄧㄛ鼻音）」、「iuⁿ（ㄧㄨ鼻音）」，如張、章、薑、僵……等，故khiūⁿ-tshuì（ㄎㄧㄨ7鼻音-ㄘㄨㄧ3）有作「強嘴【「強」可讀kiōng（ㄍㄧㄛㄥ7），音轉kiūⁿ（ㄍㄧㄨ7鼻音）、khiūⁿ（ㄎㄧㄨ7鼻音】」，意謂忌食之人嘴巴倔強，忌東諱西，故少有開合，若如此，則作「僵嘴」亦可，因忌食者嘴巴有若僵硬，忌東諱西，亦少有開合。此說稍嫌牽強，屬自臆之詞。

　　說khiūⁿ（ㄎㄧㄨ7鼻音）乃「忌于」之合讀，或說是「忌khī（ㄎㄧ7）」之音轉似乎亦可，造詞如「忌嘴」、「忌一大堆物件莢食得」、「忌東忌西」、「忌涼水」、「忌筍仔」等，音義皆合，要比儉嘴、訆嘴、強嘴、僵嘴為佳。

患人加 【患人訕】

　　人際對話間，有時一方緊抓另一方破綻或缺失，強加反擊，甚至到達無理強橫的地步，河洛話稱khia（丂一ㄚ1），因其間或有譏刺、欺凌的味道，與「欺」、「諆」、「譏」、「誆」、「誑」的音義相近，然卻不宜作「欺」、「諆」、「譏」、「誆」、「誑」等字，因其音或可通，義卻無法相合。

　　khia（丂一ㄚ1），即「欲加之罪，何患無辭」的「加」，說文：「加，語相譄加也」，段注：「譄下曰，加也，誣下曰，加也，此云語相譄加也。知譄誣加三字同義矣，誣人曰譄，亦曰加，故加从力，謂有力之口也，會意」。

　　若此，「加」應是個消極貶義字，然除加刑、加殃、加罪、加誣、加懲等消極貶義詞例，卻仍有加功、加官、加恩、加惠、加榮等積極褒義造詞，這使得「加」字用法顯得矛盾而欠一致性。

　　集韻：「訕，誣也」，與加通，「訕」則是個道地的消極貶義字，將khia（丂一ㄚ）作「訕」，似乎更佳。

0305　私據【私家】

　　一個人私下存藏的財物，俗稱私房，河洛話說sai-khia（ㄙㄞl-ㄎㄧㄚ1），臺灣語典、臺灣漢語辭典皆作「私家」。

　　私家，成詞也，典籍運用頻仍，作私其家、私人家庭間、大夫以下之家、私人為撰述之事者、妻之私親兄弟家等義，卻無「私房」義，故有人另作「私據」。

　　私據，私下據有也。按「據」扌部豦聲，說文：「豦，虎兩足舉」，亦即虎作人立狀，與「徛【站立】」同義，集韻：「豦，臼許切」，白話讀如徛khiā（ㄎㄧㄚ7），「據」從扌豦聲，白話亦可讀做khiā（ㄎㄧㄚ7），如「據山頂看馬相踢」、「戲棚下據久人的」、「據風頭」、「我據三份」、「據名」等。

　　將私房寫做「私據」，義合，但調不合，故仍以「私家」為正，「私家」與「自家」詞構一樣，亦即自家，自家藏存的錢曰「私家錢」，自家藏存的茶曰「私家茶」，自家特有的料理曰「私家菜」，今所謂「私房」，已不限錢財，時代愈進步，可供私自典藏之物不勝枚舉，「私房」的內容便琳瑯滿目了。

0306 【企亭、企挺、企停、企騰】

翹騰

　　王夫之九昭：「崇臺婥妁，以詣天兮」，原注：「婥妁同綽約，亭立貌」，亭立即直立，即如亭一般的直立，即亭亭而立，劉楨贈從弟詩：「亭亭山上松，瑟瑟谷中風」，溫庭筠夜宴謠：「亭亭蠟淚香珠殘，暗露曉風羅幕寒」，歐陽修鷺鷥詩：「灘驚浪打風兼雨，獨立亭亭意愈閒」，亭亭，直立貌。

　　「亭」從高省丁聲，本為直立建物，後用以狀「立」貌。

　　河洛話稱「立【站立】」為khiā（丂ーㄚ7），俗多寫做「企」、「徛」，稱直立不動為「企亭khiā-thîng（丂ーㄚ7-ㄊーㄥ5）【或「徛亭」】」，即亭立，或說「企亭亭【或「徛亭亭」】」，「亭」字疊用，加強語氣，相當於「亭亭而立」。

　　亦可作「企挺」，挺立也【廣韻：「挺，特丁切，音庭tîng（ㄉーㄥ5）」】；亦可作「企停」，立而不動也；亦可作「企騰」，義與「企挺」同。

　　然有作「翹騰」，則欠妥，「翹騰」非直立也，張耒鳴雞賦：「蒼距矯攫，秀尾翹騰」，作高翹義，非直立也，且「翹」字三調，調不合。

0307 徛孝【居孝】

河洛話稱家中有喪事為「徛孝khiā-hà（ㄎㄧㄚ7-ㄏㄚ3）」，「徛」从彳奇聲，「奇」口語讀khia（ㄎㄧㄚ1），如奇數，故「徛」讀khiā（ㄎㄧㄚ7）音合理【韻書注「徛」讀一、二、三調，不讀七調】，然廣韻：「徛，立也」，加「孝」字成「徛孝」，實無居家守孝之義。

中文大辭典：「孝，居喪也」，北史崔儦傳：「崔子豹居喪哀毀，人云，崔九作孝，風吹即倒」，廣韻：「孝，呼教切」，讀hàu（ㄏㄠ3）、hà（ㄏㄚ3），與喪事有關時，「孝」讀hà（ㄏㄚ3），如戴孝、褪孝、孝杖、重孝。

「徛孝」宜作「居孝」，作居家守孝解，廣韻：「居，斤於切」，讀ku（ㄍㄨ1）、ki（ㄍㄧ1），口語音轉khia（ㄎㄧㄚ1）、khiā（ㄎㄧㄚ7），k（ㄍ）和kh（ㄎ）屬同一發音部位，可通轉，韻部i（ㄧ）轉ia（ㄧㄚ）亦屬常見，如車、避、刺、奇、姊、坪、易……等皆是。

居家、居中、居前、居後、居於高雄的「居」，口語皆讀khiā（ㄎㄧㄚ7）。

一拳石頭【一擎石頭】

　　團狀物如石頭、土塊，甚至頭、肚子，河洛話稱其單位曰「丸」、「粒」，亦曰khian（丂一ㄢ1）。

　　臺灣漢語辭典：「石頭一塊曰一拳tsit-khian（ㄐㄧㄅ8-丂一ㄢ1）或一卷」，資治通鑑唐紀：「何異賭拳石，而輕泰山乎」，禮記檀弓：「執女手之卷然……中庸：一卷石之多。或曰借為拳」。亦有作「一干」，漢語大詞典：「干，計數單位，猶個」。

　　但「拳」、「卷」不讀一調，調不合。

　　一般來說，量詞大抵皆假借而來，有假借名詞者，如一「碗」麵、一「袋」米、一「杯」酒、一「甌」茶；有假借動詞者，如兩「撇」鬚、一「載」甘蔗、一「泡」烏龍茶、一「綑」棉紗。

　　石頭、土塊為團狀物，手可取而「擎khian（丂一ㄢ1）」之，故以「擎」稱其量，曰「一擎石頭」，乃借動詞為量詞，後擴大用於頭、肚子等。廣雅釋詁三：「擎【亦作摼】，擊也」，即擲擊，集韻：「擎，輕煙切，音牽khian（丂一ㄢ1）」。

0309　倪芳【菣芳、擎芳】

　　烹調時，加蔥蒜等香味料，河洛話稱為khiàn-phang（ㄎㄧㄢ 3-ㄆㄤ1）。

　　khiàn-phang（ㄎㄧㄢ3-ㄆㄤ1）有作「倪芳」，河洛話說的「芳phang（ㄆㄤ1）」，相當北京話「香」，如「芳水」即「香水」、「芳花」即「香花」。然「倪」作上仰、如同、間諜、候風器等義，用於「倪芳」，難解其義。

　　有作「菣芳」，詩小雅鹿鳴：「呦呦鹿鳴，食野之蒿」，朱熹集傳：「蒿，菣也，即青蒿也」，廣韻：「菣，香蒿，可煮食」，爾雅釋草：「蒿，菣也」，注：「今人呼青蒿香中炙啖者為菣」，「菣」字已由名詞作動詞使用，廣韻：「菣，苦旬切」，讀khiàn（ㄎㄧㄢ3）。

　　或可作「擎khian（ㄎㄧㄢ1）」，「擎」俗亦白讀khiàn（ㄎㄧㄢ3），河洛話作以手丟擲義，如擎石頭、擎土丸、擎磚仔【「擎」口語讀一調、三調都可以】，此與「擎芳」之動作相合，今有在食物中「擎一粒卵」、「擎一寡蒝荽」的說法，雖用「擎」字誇張了些，卻也相當傳神。

0310 譴爽【遣送】

　　民間素有施法術以驅妖邪的做法，俗稱「做譴爽tsò-khiàn-sńg（ㄗㄜ3-ㄎㄧㄢ3-ㄙㄥ2）」，有論者以為：譴，責也，爽，差也，「譴爽」即責其差也，因責備其差失，故無差失，無差無失即平安吉祥，此誠自度之詞。

　　若「譴爽」可行，則「遣損」亦可行，王禹偁黃州竹樓記：「焚香默坐銷遣世慮」，遣，排除也。字彙：「損，失也」，正字通：「損，傷也」，亦有說：損，毀也，壞也，則「做遣損」乃做法事以排除毀傷，義亦通，音亦可通。

　　其實khiàn-sńg（ㄎㄧㄢ3-ㄙㄥ2）宜作「遣送」，漢語大辭典：「遣送，舊指術士以法術驅逐妖邪，禪真逸史第十三回：『前者在城之日，何日不燒符念咒遣送，并沒一些靈驗，無法可處』」，浙江志書山陰縣：「正月十四日，用巫人以牲禮祀白虎之神，祭畢以紅綠線釘虎於門上，謂之遣白虎」，可見「做遣送」是一種法事儀式，用以驅逐妖邪，與河洛話說法相合，口語音雖有音轉調移現象【「送」俗多讀三調，此處讀成二調】，卻仍合理。

0311　頭傔傔【頭俔俔】

　　頭向上，河洛話說thâu-khiàn-khiàn（ㄊㄠ5-ㄎㄧㄢ3-ㄎㄧㄢ3），有作「頭傔傔」，字彙：「傔，仰也」，漢書司馬相如傳：「傔褰尋而高縱兮，紛鴻溶而上厲」，顏師古注引張揖曰：「傔，仰也」。晉書摯虞傳：「前湛湛而攝進兮，後傔傔而方馳」，「湛湛tàm-tàm（ㄉㄚㄇ3-ㄉㄚㄇ3）」，重厚貌，以狀低頭，與「傔傔」相對。廣韻：「傔，居蔭切，音禁kìm（ㄍㄧㄇ3）」。

　　有作「頭俔俔」，「俔」从人儿目，「儿」即人，以人之目於頭頂會意，作「仰望」、「仰頭」解，明史鄒智傳：「及與議事，又唯諾唯謹，伈伈俔俔，若有所不敢，反不如一二俗吏足以任事」，韓愈鱷魚文：「刺史雖駑弱，亦安肯為鱷魚低首下心，伈伈俔俔，為民吏羞，以偷活於此邪」，「伈伈tshìn-tshìn（ㄑㄧㄣ3-ㄑㄧㄣ3）」，恐懼貌，狀低頭看地不敢向前直視，河洛話說「頭伈伈」即頭低低的，而「俔俔」亦恐懼貌，狀仰頭看天不敢向前直視，「伈伈」與「俔俔」相對。廣韻：「俔，苦甸切」，音khiàn（ㄎㄧㄢ3）。

0312　牽去【搴去】

　　一般來說，「牽」有文白二音，文音khian（丂一ㄢ1），如牽掛、千里姻緣一線牽，白音khan（丂ㄢ1），如牽牛、牽羊、牽車。

　　說到「牽羊」，史記宋微子世家：「周武王克殷，微子乃持其祭器造於軍門，肉袒面縛，左牽羊，右把茅，膝行而前以告……」，資治通鑑後唐庄宗同光三年：「蜀主白衣，銜璧，牽羊，草繩繫首……」，清吳偉業讀史雜感：「已設牽羊禮，難為刑馬心」，牽，拉也，挽也。

　　但俗說「順手牽羊」與「趁火打劫」有義近處，雖有說「順手牽羊不是偷」，不過大家大多把順手牽羊當成偷，此時「牽」除作拉、挽義，還有偷義，讀khiang（丂一ㄤ1），如牽去【偷去】、牽了了【偷光光】，牽仔【小偷】。

　　khiang（丂一ㄤ1）亦可作「搴【亦作攓】」，小爾雅廣詁：「搴，取也」，廣韻：「搴，取也」，集韻：「攓，方言，取也，楚謂之攓，或作搴」，「搴khian（丂一ㄢ1）」音與「牽」同，可轉khiang（丂一ㄤ1）。

0313　強跤【強家】

河洛話稱能力強的人為khiàng-kha（ㄎㄧㄤ3-ㄎㄚ1），俗多作「強跤」。

集韻：「骹，說文，脛也，或作跤」，即腳，則「強跤」指強而有力的腳，如善跑者、健行者的腳，而不是指稱強者【「強者」的意志力、行動力強，但腳力不一定強】，故以「強跤」表示「強者」，實非妥善寫法。

古之稱人，除稱人、子、君、公、卿、者……，亦有稱「家」者，指有專門學問者，漢書武帝紀：「表章六經，罷黜百家」，於今則如科學家、哲學家，或指以技藝名世者，漢書東方朔傳：「上嘗使諸數家射覆」，今如雕刻家、演奏家，「家」音ka（ㄍㄚ1），口語音轉kha（ㄎㄚ1），khiàng-kha（ㄎㄧㄤ3-ㄎㄚ1）宜作「強家」。

打麻將需要四個人，俗稱「四家」，只要少一家麻將便打不成，即人說的「四家欠一家」，「家」也讀做kha（ㄎㄚ1）。

俗稱單獨一人為「孤家」，稱熟悉者為「熟家」，稱生疏者為「生家」，稱單身男子為「羅漢家」，稱人數為「家數【「數」讀siàu（ㄒㄧㄠ3）】」，「家」皆讀kha（ㄎㄚ1）。

0314 嬌苦【膠苦】

　　以軟纏方式，要求東要求西，不要這不要那，既非惡形惡狀，亦非心懷叵測，卻讓人受苦難過，河洛話即說khiau-khó（丂一ㄠ1-丂ㄛ2），其形式本多見於弱勢者之對強勢者，如小兒之對大人，員工之對老闆，顧客之對主家，後來不拘形式，舉凡人際之間皆常見。

　　說khiau-khó（丂一ㄠ1-丂ㄛ2）是「刁苦【刁難而使人受苦】」，似乎言重了，因「刁」是個標準的消極貶義字，「刁苦」是個標準的消極貶義詞，詞意完全不合。

　　說是「搆苦」，「搆」音kau（ㄍㄠ1），音可通，相似造詞亦有搆怨、搆難，可惜缺少一股「軟纏」的甜膩感覺。

　　有作「嬌苦」，廣韻：「嬌，舉喬切」，音kiau（ㄍ一ㄠ1），撒嬌軟纏味十足，運用於親子間，十分傳神。

　　或亦可作「膠苦」，廣韻：「膠，古肴切」，音kiau（ㄍ一ㄠ1），黏著也，可狀軟纏態，卻不分親疏、男女、大小，適用於各種關係間。

0315 刀框【刀鋻】

　　談到刀的部位，簡單可分刀柄、刀身，刀身則可分刀刃、刀背。

　　河洛話稱刀柄為「刀柄to-piⁿ（ㄅㄛ1-ㄅㄧ3鼻音）」，稱刀刃為「刀肉【膊】to-bah（ㄅㄛ1-ㄅ'ㄚ厂4）」，刀背為「刀框to-khing（ㄅㄛ1-ㄎㄧㄥ1）」。

　　按「框」係指置物周邊以固定物者，如門框、窗框、鏡框、相框等，但，刀有框嗎？顯然沒有，類似的裝置倒是有，吾人稱之為刀鞘，用來容刀，河洛話稱「刀殼to-khak（ㄅㄛ1-ㄎㄚ《4）」，展示刀劍以固定刀劍者，北京話稱刀架，河洛話亦稱「刀架to-kè（ㄅㄛ1-《ㄝ3）」。

　　刀背實應作「刀鋻」，說文：「鋻，斤斧穿也」，廣韻：「鋻，斤斧受柄處也」，不管刀還是斧，其受柄處皆在刀肉較厚處【即刀背】，刀則沿伸刀背深入把柄，斧則於斧背備孔以木柄穿之，而刀背即刀鋻，河洛話稱「刀鋻」，斧背即斧鋻，河洛話稱「斧頭鋻」，後引伸凡刀刃類利器之背部鈍而且厚處皆稱「鋻」，或作「肩」，肩king（《ㄧㄥ1）本不送氣，音轉送氣khing（ㄎㄧㄥ1）。

0316 疆分【窮分、傾分】

河洛話khîng-hun（丂ーㄥ5-ㄏㄨㄣ1），意思是「計較」，有作「疆分」，何承天地贊：「九州攸同，時維禹跡，爰及後代，疆分里析，貢則屢遷，名猶不易」，疆分，依疆域分配也，後引伸依清晰之條件分配，亦即計較。

不過因為「疆」通「彊」，若改作「彊分【強予分配】」，計較之義似更明。

或可作「窮分」，窮kîng（ㄍーㄥ5），極也，置動詞前為形容副詞，如窮究、窮追、窮研，「窮分」言分配時窮一切手段，即計較。

或可作「傾分」，傾khing（丂ーㄥ1），傾斜也，亦盡也，言分配時傾盡所有，亦計較也。

河洛話今仍用「窮」與「傾」，如「窮其力」、「窮其所有」、「窮家中錢財」，如「傾其力」、「傾其所有」、「傾家中錢財」，其音與義皆相同。

「窮」讀五調，「傾」讀一調，置前皆讀七調，聲音一樣。但若置詞尾，則聲音判然有別，因置詞尾時，俗口語音多讀五調，故作「窮」較佳。

0317 搰家【持家、勤家】

　　臺灣語典卷一：「搰，扶持也。又有勤勞之意。按臺語諺：翁會趁、某會搰，謂夫妻能合作也」，因「搰」字連氏未加注音，大概讀如「堅kíⁿ（ㄍ一5鼻音）」【「搰」、「堅」皆以「乾」為聲根，口語音相同】，音轉khíⁿ（ㄎ一5鼻音）。

　　中文大辭典：「搰，與建同。集韻：建，覆也，或作搰」，而「搰」字後無成詞條例，可見「搰」是個標準僻字，不過由上所述，吾人實看不出「搰」字可作扶持、勤勞解，連氏之說音合義不合，並不妥切。

　　俗說：「男主外，女主內」，「內」即家，「主內」即主持家務，即持家，「持家tshî-ke（ㄑ一5-ㄍㄝ1）」口語可讀khíⁿ-ke（ㄎ一5鼻音-ㄍㄝ1）。

　　khíⁿ-ke（ㄎ一5鼻音-ㄍㄝ1）亦可作「勤家」，言婦女勤於家務，「勤」音khîn（ㄎ一ㄣ5），音轉khíⁿ（ㄎ一5鼻音），也是合理的寫法。

　　「翁會趁，某會搰」，宜作「翁會趁，姆會持」或「翁會趁，姆會勤」，不但音義兩合，而且典雅妥適。

0318 科頭【苛頭】

河洛話稱人驕慢且不容情商曰「科頭kho-thâu（ㄎㄛ1-ㄊㄠ5）」，臺灣語典卷二：「史記張儀列傳：虎鷙之士，跿跔科頭、貫頤奮戟者，至不可勝計也。註：科頭，謂不著兜鍪入敵。夫入敵不著兜鍪，則其輕侮可知。又古者見客，衣冠必肅；科頭露頂，以為不恭」，連氏立論係引申之說，無據。

「科頭」是個成詞，謂不戴冠帽，裸露頭髻，如此而已，餘如科頭赤足、科頭徒跣、科頭袒體、科頭細粉、科頭跣足、科頭圓子、科頭裸身、科頭箕踞，「科頭」皆只作裸露頭部義，無驕慢義。

有作「驕惰」，義合，惟音差較大。

「科頭」宜作「苛頭」，俗亦單說「苛khô（ㄎㄛ5）」，如「他做人誠苛頭，你去求他是加的【亦作「他做人誠苛，你去求他是加的」，「加的」即多餘的】」，加語尾助詞「頭」，無義，為河洛話所常見，如手頭、腳頭、角頭、心頭、日頭、艮頭、街頭⋯⋯等，即指手、腳、角、心、日、艮、街⋯⋯，苛頭，亦即苛，即苛刻驕慢。

0319 寇組【哿組、可組、夥組】

　　詩小雅正月：「哿矣富人」，遂有人將「錢多一族」寫做「哿組khó-tsɔ（ㄎㄛ2-ㄗㄛ1）」，但是「哿矣富人」之後接的句子為「哀此惸獨」，可知「哿」與「哀」相對，哀，憂悲也；哿，歡娛也，嘉可也。左氏昭八：「哿矣能言」，注：「哿，嘉也」，說文：「哿，可也」，不管是歡娛，是嘉，是可，都是好事，「錢多」當然也是好事，令人歡娛，令人稱嘉謂可，稱「哿組」應屬合宜。

　　說文「哿，可也」，錢多一組作「可組」，應亦可行。

　　方言一：「凡物盛多謂之寇」，郭璞注：「今江東有小鳧，其多者無數，俗謂之寇鳧」，以是故，亦有將「錢多一族」寫做「寇組」，不過「寇」俗亦指盜匪，恐被誤為錢多一族係劫掠他人錢財所致。

　　方言一：「凡物盛多謂之寇，齊宋之交，楚魏之際曰夥」，小爾雅廣詁：「夥，多也」，廣韻：「夥，胡果切」，音hó（ㄏㄛ2），可音轉khó（ㄎㄛ2），此與「可」字兼讀hó（ㄏㄛ2）、khó（ㄎㄛ2）兩音道理相同。

輕舉【輕可】

事情輕而易舉，河洛話說khin-khó（丂一ㄣ1-丂ㄜ2），有作「輕舉」，意指輕而易舉，韓非子難四：「明君不懸怒，懸怒則臣懼罪，輕舉以行計，則人主危」，但是「舉」音kú（ㄍㄨ2）、kí（ㄍ一2），非khó（丂ㄜ2），將khin-khó（丂一ㄣ1-丂ㄜ2）寫做「輕舉」，義合，音不合。

「輕舉」宜作「輕可」，輕，輕易也，微量也；可，亦輕易也，微量也，如一可【亦作一寡】、小可、可可，寒山詩之一五八：「昔時可可貧，今朝最貧凍」，宋無名氏漁家傲詞：「雪點江梅纔可可，梅心暗弄纖纖朵」，宋劉辰翁摸魚兒甲午送春詞：「春去也，尚欲留春可可，問公一醉能頗」，漢語大詞典：「可可，些微貌；少許貌」，中文大辭典：「可，輕易之辭，引伸之則猶云小事也」，黃庭堅題竹石牧牛詩：「牛礪角尚可，牛鬬殘我竹」，辛棄疾菩薩蠻：「雁無書尚可，好語憑誰和」，可見「輕」與「可」皆有微量、少許、輕易義，「輕可」為同義複詞，亦作微量、少許、輕易義，「可」音khó（丂ㄜ2），與河洛話說法音義皆合。

0321 叩叩生【故故生、復復生】

　　一而再，再而三，連續不斷，河洛話往往稱khòk-khòk（ㄎ
ㆦㄍ8-ㄎㆦㄍ8），後接動詞，如生、讀、寫、逮、拜、號、
叫……，俗作「叩叩」，無義，宜作「故故」。

　　杜甫月詩：「時時開暗室，故故滿青天」，薛能詩：「青
春背我堂堂去，白髮催人故故生」，次宋編修顯夫南陌詩四十
韻：「時時傷往事，故故寄新編」，東居雜詩：「卻下珠簾故故
羞」，「故故」皆作屢屢、常常、一再解。

　　白居易人定詩：「誰家教鸚鵡，故故語相驚」，陸游晚起
詩：「雛鷹故故啼簷角，飛絮翩翩墮枕前」，「故故」還兼作象
聲詞。

　　以「古」為聲根之形聲字，如焦涸涸、定固固，「涸」、
「固」皆白讀khòk（ㄎㆦㄍ8），「故」音kò（ㄍㆦ3），口語可
轉khòk（ㄎㆦㄍ8）。

　　作「復復」應更佳，復，再也，又也，音hòk（ㄏㆦㄍ
8），可轉khòk（ㄎㆦㄍ8），而復復生、復復讀、復復寫、復復
逮、復復拜、復復號、復復叫……，見詞生義，簡淺易懂，似乎
更佳。

0322　叩叩【劇劇】

　　河洛話稱體格瘦細曰瘖sán（ㄙㄢ2），身長短小曰矮é（ㄝ2），長相醜陋曰仳bái（ㄅ'ㄞ2），脾氣暴躁曰怖phái"（ㄆㄞ2鼻音），若說非常瘦、非常矮、非常仳、非常怖，則在瘦、矮、仳、怖字後加疊詞khòk-khòk（丂ㄛㄍ8-丂ㄛㄍ8），俗作「叩叩」、「敲敲」，皆屬記音寫法，吾人難從「叩叩」、「敲敲」理解或感受其對瘦、矮、仳、怖的「加劇」效果。

　　「叩叩」、「敲敲」宜作「劇劇」，說文新附：「劇，尤甚也」，玉篇：「劇，甚也」，陳徐陵長相思詩：「愁來瘦轉劇，衣帶自然寬」，孫枝蔚新春詩：「往事休重問，新春劇可哀」，韓愈張徹會合聯句：「愁去劇箭飛，讙來若泉湧」，「劇」皆作極、甚解。廣韻：「劇，奇逆切」，讀kik（ㄍㄧㄍ8），口語讀kiòk（ㄍㄧㄛㄍ8），可轉kòk（ㄍㄛㄍ8），再轉khòk（丂ㄛㄍ8）。

　　瘦劇劇、矮劇劇、仳劇劇、怖劇劇，音義皆合，方為正寫。

　　俗或作「酷酷」，集韻：「酷，甚也」，義合，但「酷khok（丂ㄛㄍ4）」，調不合。

0323 　摧摧拜【匔匔拜】

　　有一種人心中沒主見，就像香客面對眾神明，不知要拜哪尊神，只好跟隨別人亂拜一通，這就是俗說的「揭香逑拜【「揭」讀giảh（ㄍ'一ㄚㄏ8），「逑」讀tuề（ㄉㄨㄝ3）】」，而且是「摧摧拜khȯk-khȯk-pài（ㄎㆦㄍ8-ㄎㆦㄍ8-ㄅㄞ3）」，反正拜愈多尊神愈好。

　　按「摧」作敲擊、引、競、專精、商量解，運用於「拜」的行為上，欠妥。

　　「摧摧拜」應寫做「匔匔拜」，史記魯周公世家：「及七年後，周公還政成王，北面就臣位，匔匔如畏然」，裴駰集解引徐廣曰：「匔匔，謹敬貌也」，柳宗元佩韋賦：「劃拔刃于霸侯兮，退匔匔而畏服」，方孝儒鄭處士墓碣銘：「至於處士，復尚以文，匔匔其修，翼翼其教」，王闓運張安化妻錢氏墓誌銘：「匔匔匪懈，洋洋所託」，匔匔，恭謹貌也，匔匔拜，禮拜時形貌恭謹也，正字通：「匔，渠六切」，讀khiȯk（ㄎ一ㆦㄍ8），音轉khȯk（ㄎㆦㄍ8）。

　　有作「僕僕拜」，孟子萬章下：「子思以為鼎肉，使己僕僕爾亟拜也」，僕僕作勞頓解，廣韻：「僕，蒲沃切」，讀phȯk（ㄆㆦㄍ8），或可轉khȯk（ㄎㆦㄍ8）。

0324 定匡匡【定剛剛、定鋼鋼】

　　河洛話說「堅硬」為「定tīng（ㄉㄧㄥ7）」，素問腹中論：「其氣急疾堅定」，注：「定，堅定，固也」，亦作「槙【tiān（ㄉㄧㄢ7）音轉tīng（ㄉㄧㄥ7）】」，槙，木理堅密也。

　　若說「十分堅硬」，則於後加疊詞khok-khok（丂ㄛㄍ4-丂ㄛㄍ4），可作「酷酷」，集韻：「酷，甚也」；亦可作「碻碻」，廣韻：「碻，靳固也」，集韻：「碻，堅也」，釋文：「碻，堅貌」；亦可作「塙塙」，說文：「塙，堅不可拔也」，廣韻注「碻」、「塙」皆「苦角切」，讀khak（丂ㄚㄍ4），口語讀khok（丂ㄛㄍ4）。

　　後或加疊詞khiau-khiau（丂ㄧㄠ1-丂ㄧㄠ1），可作「塙塙」，集韻：「塙，丘交切」，讀khiau（丂ㄧㄠ1），或音轉讀入聲khiauh-khiauh（丂ㄧㄠㄏ4-丂ㄧㄠㄏ4）。

　　後或加疊詞khong-khong（丂ㄛㄥ1-丂ㄛㄥ1），有作「匡匡」，不妥，應作「剛剛」，說文段注：「堅者，剛土也」，中文大辭典：「碻，剛貌」，堅、定、硬、剛義近，「剛剛」適可狀堅硬。

　　俗亦說堅硬為「定鐵鐵」，以「鐵」狀堅硬，同理「定剛剛」亦可作「定鋼鋼」，以「鋼」狀堅硬。

0325　痟狗舂墓壙【猲狗撞墓壙】

曾經聽過老一輩述說以下的恐怖故事：

一群野狗在墳前排隊，先由第一隻狗衝撞墳墓，撞後，第一隻狗一邊慘叫，一邊排到隊伍最後，接著第二隻狗衝撞墳墓……，這就是傳說中的「痟狗舂墓壙」。

這裡的「痟狗siáu-káu（ㄒ一ㄠ2-ㄍㄠ2）」指瘋狗，但說文：「痟，酸痟，頭痛也」，將「頭痛」引伸「瘋狂」，顯得唐突無理。

「痟狗」宜作「猲狗」，玉篇：「猲，狂病」，廣韻、集韻：「猲，狂也，出文字集略」，韻書則注「猲」讀siau（ㄒ一ㄠ1），口語讀siáu（ㄒ一ㄠ2）。

俗以為「墓壙」為下凹壙穴，狗向下凹壙穴撞擊故稱「舂tsing（ㄐ一ㄥ1）」。

漢書劉向傳：「稱古墓而不墳」，注：「墓，壙穴也」，方言十三：「凡葬而無墳，謂之墓」，可見本來墳墓有別，惟今墳墓已不分，墓壙即墓，即墳，不是向下凹陷，而是向上墳起，故「舂」字宜作「撞」、「衝」，「撞」、「衝」口語皆讀tsing（ㄐ一ㄥ1），從「鐘」、「鍾」即可證得。

收去放【收去壙】

　　人死亡，河洛話有一種特殊的說法，說是「收去放siu-khì-khòng（ㄒㄧㄨ1-ㄎㄧ3-ㄎㄜㄥ3）」，意謂人既死去，收斂埋葬工作猶如收拾物件，且將之存放。此當然又是想當然爾的寫法，粗糙、欠精準，極容易產生歧義，試想：如將東西「收去放」，此稀鬆平常的動作，恐怕也將蒙上一層恐怖的死亡陰影。

　　有說「收去放」宜做「收去抗」、「收去囥」，「抗」、「囥」讀做khǹg（ㄎㄥ3），「抗」作放置解，「囥」作收藏解，與「放」大同小異，以「收去抗」、「收去囥」指稱死亡，與以「收去放」指稱死亡一樣，不妥當。

　　其實應作「收去壙」，廣韻：「壙，墓穴」，周禮夏官方相氏：「及墓，入壙，以戈擊四隅」，河洛話「壙」，作名詞，指墓穴，「收去壙」即人死後將屍身收諸墓穴；作動詞，指掩埋，「收去壙」即收斂屍身將之掩埋，詞義精確簡明，要比「收去放」、「收去抗」、「收去囥」來得好。

　　廣韻：「壙，苦謗切，音礦khòng（ㄎㄜㄥ3）」，俗音轉khǹg（ㄎㄥ3）。

0327 磕腳翹【仰腳翹、傾腳翹、仰加翹、傾加翹】

　　河洛話說「四腳朝天」為khōng-kha-kiàu（ㄎㆲ7-ㄎㄚ1-ㄎ一ㄠ3），或可寫做「磕腳翹」，磕，石聲也，撞擊也，言受撞擊致重心不穩，身體翻倒，且四腳朝天。磕khók（ㄎㆦㄍ8）置前變三調，與口語音相同。

　　或亦可作「仰腳翹」，廣韻：「仰，魚向切」，讀hiōng（ㄏ一ㆲ7），音轉khōng（ㄎㆲ7），說文：「仰，舉也」，「仰腳翹」即舉腳上翹，四腳朝天。

　　或亦可作「傾腳翹」，傾khing（ㄎ一ㄥ1），斜也，可音轉khong（ㄎㆲ1），與公、供、宮、弓、胸、兇……等，韻部ong（ㆲ）、ing（一ㄥ）可互轉的道理一樣。「傾腳翹」即腳不穩傾斜上翹，四腳朝天。

　　「腳kha（ㄎㄚ1）【亦作骹、跤】」或亦可作「加ka（ㄍㄚ1）」，成為「仰加翹」、「傾加翹」，作仰且翹、傾且翹義，引伸四腳朝天。

　　「翹khiàu（ㄎ一ㄠ3）」或亦可作「峭tshiàu（ㄑ一ㄠ3）」，成「磕腳峭」、「仰腳峭」、「仰加峭」、「傾腳峭」、「傾加峭」，義亦同。

0328　大箍【大魁】

　　「大箍呆，煮鹹菜，燒燒一碗來，冷冷我無愛……」，這首童謠裡的「大箍呆tuā-kho·-tai（ㄅㄨㄚ7-ㄎㄜ1-ㄉㄞ1）」意指胖子，河洛話說肥胖為「大箍」。

　　按「箍」為竹部字，作名詞指束物之篾，如桶箍；作動詞乃以篾束物，如箍桶；另「箍」作周回解，廣東新語：「下番禺諸村，皆在海島之中，大村曰大箍圍，小村曰小箍圍，言四環皆江水也」，可見肥胖不宜寫做「大箍」。

　　「大箍」應作「大魁」，說文魁段注：「凡物大皆曰魁」，廣雅釋詁一：「魁，大也」，荀子脩身：「倚魁之行」，注：「魁，大也」，柳宗元牛賦：「牛之為物，魁形巨首」，魁，大也。漢書翟方進傳：「飯我豆食羹芋魁」，魁，大根也，塊根也。可見「魁」即大，「大魁」為同義複詞，作大義。

　　後漢書東夷傳：「魁頭露紒」，注：「魁頭，猶科頭也，謂以髮縈繞為科結也」，中文大辭典：「魁與科通」，故「魁khue（ㄎㄨㄝ1）」可讀如科kho（ㄎㄜ1），音轉kho·（ㄎㄜ1）【北京話作「大塊」，不妥，魁與塊通，義可行，但「塊」讀三調，調不合】。

0329 柴箍、柴棵、柴枯【柴魁】

一塊木柴，河洛話稱為tshâ-khơ（ㄘㄚ5-ㄎㄛ1），俗作「柴箍」。

按「箍khơ（ㄎㄛ1）」作名詞，即束物之篾，如桶箍；作動詞，即以篾束物，如箍桶。「柴箍」則指束柴之篾，或指柴製之束箍，與「木塊」意思不同。

有作「柴棵」，北京話稱樹木單位為「棵」，今語讀做ㄎㄜ，平聲，如一棵樹，惟韻書注「棵」讀如緩huán（ㄏㄨㄢ2）、款khuán（ㄎㄨㄢ2）、顆khó（ㄎㄜ2），皆讀上聲二調，「棵」字調不合。

有作「柴枯」，「枯khơ（ㄎㄛ1）」即樹木乾死，後來凡成樹枯狀之物皆稱「枯」，如柴枯、煙筒枯，此應屬古典設想，未見典籍用例。

漢書翟方進傳：「飯我豆食，羹芋魁」，注：「羹芋魁者以芋根為羹也」，「魁khơ（ㄎㄛ1）【按，魁，通科，讀如科kho（ㄎㄜ1），音轉khơ（ㄎㄛ1）】」即塊根，如番薯魁、樹薯魁、芋魁。廣雅釋詁一：「魁，大也」，如俗譏稱胖子為「大魁呆」，台南縣將軍鄉一帶稱紅甘蔗為「大魁紅」。借作量詞，如一魁人【或作一軀人】、一魁番薯魁、一魁柴魁。

即塊地仔

0330 【即區內仔、即圈內仔】

　　河洛話有將「一塊」白讀tsit-khơ（ㄐㄧㄅ8-ㄎㄛ1），一指金錢「一元」，一指塊狀物「一塊」，或因此，河洛話將「這附近一帶」說成tsit-khơ-lē-á（ㄐㄧㄅ4-ㄎㄛ1-ㄌㄝ7-ㄚ2），便寫做「即塊地仔」。

　　「這一tse-it（ㄗㄝ1-ㄧㄅ4）」合讀tsit（ㄐㄧㄅ4），寫作「即」，「地tē（ㄉㄝ7）」音轉lē（ㄌㄝ7）亦屬合理，寫做「即塊地仔」，意指「這一塊地仔」，音合，惟詞義有偏失，因「這一塊地仔」意思是這一塊地，指特定的這一塊土地，與「這附近一帶」詞義不同。

　　若作「即區內仔」，音合【「區」讀khu（ㄎㄨ1），可轉khơ（ㄎㄛ1）】，作「即區域內」解，與「這附近一帶」詞義相符。

　　或作「即圈內仔」，音合，作「這一圈之內」解，與「這附近一帶」義相符。

　　河洛話說「四周」為sì-khơ-lē-á（ㄒㄧ3-ㄎㄛ1-ㄌㄝ7-ㄚ2），作「四區內仔」、「四圈內仔」，亦說「四周」為sì-khơ-lián-tńg（ㄒㄧ3-ㄎㄛ1-ㄌㄧㄢ2-ㄉㄥ2），作「四區輾轉」、「四圈輾轉」。

0331 枯旱、涸旱【涛旱、苦旱】

神異經：「南方有人，長二三尺，袒身，而目在頂上，走行如風，名曰魃，所見之國大旱，赤地千里，一名旱母」，杜甫七月三日詩：「退藏恨雨師，健步聞旱魃」，這「旱魃hān-puát（ㄏㄢ7-ㄅㄨㄚㄅ8）」即河洛話傳說中引起旱災的怪物。

河洛話說「旱災」為khó-hān（ㄎㄜ2-ㄏㄢ7），臺灣漢語辭典作「枯旱」，按，枯，川澤無水，水盡也；旱，天久不雨，地乾也；以「枯旱」為旱災，義合，但「枯khơ」讀平聲一調，不讀二調。

俗有作「涸旱」，涸，水乾也，以「涸旱」為旱災，義合，但「涸」讀khok（ㄎㄜㄍ4）、khò（ㄎㄜ3），亦不讀二調。

khó-hān（ㄎㄜ2-ㄏㄢ7）宜作「涛旱」，廣韻：「涛，水乾」，廣韻：「涛，苦浩切，音考khó（ㄎㄜ2）」，可轉khó（ㄎㄜ2），「涛旱」即旱災。

khó-hān（ㄎㄜ2-ㄏㄢ7）亦可作「苦旱」，雖非成詞，詞構相同之成詞卻不少，如量車稱「苦車」，量船稱「苦船」，久雨為患稱「苦雨」，燠熱為患稱「苦翁」。

0332　庫神【佝神】

臺灣語典卷三：「庫神，謂人之癡愚也。俗遇喪事之時，焚化庫錢，糊兩紙像，置於案上，謂之庫官、庫吏。所謂庫神，則以其人之無能如紙偶也」。連氏之說似有其理，其實是揣臆之詞，因「庫神」既為神，豈有無能之可能？癡愚之可能？且稍加推敲，「庫神」寫法之病則甚明顯。

因為：河洛話「庫神khò-sîn（ㄎㄛ3-ㄒㄧㄣ5）」，謂癡愚而不知天高地厚，亦可單說「庫」，或疊字成詞說「庫庫」，但檢之「庫」與「庫庫」，「庫」字並不作癡愚解，「庫庫」亦是。「庫」字從广車【「广」係一種簡易建物，有屋蓋，但僅三面牆壁】，本義為藏兵車之屋舍，引申為貯物之舍，無癡愚義。

「庫」宜作「佝」，集韻：「瞉，瞉霿，鄙吝心不明也，或作佝」，玉篇：「佝愁，愚貌」，集韻：「佝，丘候切，音寇khò（ㄎㄛ3）」，故俗謂愚癡宜作「佝」、「佝佝」、「佝邪【「邪」讀siâu（ㄒㄧㄠ5），作語尾助詞，無義，「佝邪」即佝】」。

至於「佝神」，指神智佝佝，詞構類似「恍神」、「困神」。

呼狗食家自、毫九食家自
【餬口食家自】
0333

　　河洛話「Kho-káu-tsiȧh-ka-tī（ㄎㄜ1-ㄍㄠ2-ㄐㄧㄚㄏ8-ㄍㄚ1-ㄉㄧ7）」意思是「要填飽肚子，得靠自己」，是一句很有趣的口頭話。

　　有作「呼狗食家自」，說帶狗訪友，到了吃飯時間，發現友人沒備飯菜，只好將狗兒呼來，回家吃自己，這明顯是穿鑿附會之說。

　　有作「毫九食家自」，「毫九」即一元九角，意思是說，花一元九角來打理自己吃的問題，這明顯也是穿鑿附會之說，因為「毫九」兩字難以解釋。

　　其實應該寫做「餬口食家自」，「餬口」即飼養其口，即填飽肚子，莊子人閒世：「挫鍼治繲，足以餬口」，商子農戰：「技藝之足以餬口也」，廣韻：「餬，戶吳切，音胡hô（ㄏㄛ5）」，音轉khô（ㄎㄜ5），且五調與一調置前皆變七調，口語音一樣，「口kháu（ㄎㄠ2）」可音轉káu（ㄍㄠ2），如河洛話稱「啞巴」為「啞口」，稱「隨便以話安撫人」為「放屁安口心」，「口」都讀做káu（ㄍㄠ2）。

　　「食家自」即俗說的「吃自己的」，和「食爸偎爸」的「食爸」用法一樣。

0334　一坵【一區】

　　清律戶律田宅欺瞞田糧附注：「方圓一區曰坵，坵中分界曰段」，福惠全書清丈部立丈冊：「溷亂坵段」，故俗稱田地一塊為「一坵tsit-khu（ㄐㄧㄅ8-丂ㄨ1）」，應為合宜寫法，當無疑義。

　　正字通：「坵，俗丘字」，坵通丘，故「一坵」亦可寫做「一丘」。

　　按古田制，以田地一畝，分成若干區，種一區，空一區，謂之區田。蜀都賦：「其田有蒟蒻、茱萸、瓜疇、芋區」，吳澄次楊司業韻詩：「公桑十畝通洙泗，我菊一區連楚越」，故田地一塊亦稱「一區」。

　　有人則認為：現今一個行政區域稱「一區」，一塊田地稱「一坵」，藉此分別「區」、「坵【丘】」之用法，其實無此必要，因為「一區」平易通俗，「一坵」屬較少見，凡表示地理上之一範圍，宜統稱「一區」，不用「一坵」、「一丘」，一來坵丘互通，說文通訓定聲：「丘，假借為區」，坵、丘、區本就互通，二來「丘」原指高土，如丘陵、山丘、墓丘，易生歧義。

0335　小可、小寡【少許】

　　表示量少，河洛話說sió-khuá（ㄒㄧㄛ2-ㄎㄨㄚ2），一般常見的寫法有三，一為小可，一為小寡，一為少許。

　　「小可」即小小，引申細小、低微、輕微、尋常、輕易等義，長生殿驛備：「這是上用欽工，非同小可」，元曲金錢記：「這開元通寶，非同小可，你要仔細」，西遊記第廿六回：「……轉透三十六天，亦是小可」，「小可」表示微量，口語於詞後a（ㄚ）化，「可khó（ㄎㄛ2）」遂讀成khuá（ㄎㄨㄚ2），俗亦作「小寡」。

　　作「少許」則多與「量」有關，作少量解，蘇軾鶴嘆詩：「三尺長脛閣瘦軀，俛啄少許便有餘」，陶潛飲酒詩：「傾身營一飽，少許便有餘」。

　　「許」字白話可讀hê（ㄏㆤ5），作量詞，相當今語「個」，如「三十許」即三十個，「幾許」即幾個，其實「少許」即少少幾個，讀tsió-hê（ㄐㄧㄛ2-ㄏㆤ5），俗亦讀sió-khuá（ㄒㄧㄛ2-ㄎㄨㄚ2），是因「許」亦讀khó（ㄎㄛ2），表示少量時，口語於詞後加a（ㄚ）音，合讀便成khuá（ㄎㄨㄚ2）。

0336 重喬喬、重塊塊、重魁魁【重權權】

　　河洛話說「很重」，有說「重錘錘」，以「稱錘」來形容重；有說「重酷酷」，直接以狀詞「酷khok（ㄎㄛㄍ4）」來形容重，集韻：「酷，甚也」。

　　俗亦說「很重」為tāng-khuâiⁿ-khuâiⁿ（ㄉㄤ7-ㄎㄨㄞ5鼻音-ㄎㄨㄞ5鼻音），臺灣漢語辭典作「重喬喬」，詩鄭風清人：「二矛重喬，河上乎逍遙」，傳：「重喬，累荷也」，按「喬」乃矛上部用來懸英之鉤，與重量無關，且「喬」音亦不合。

　　有作「重塊塊」，以物成塊不可分來狀很重，義合，然「塊」讀khuài（ㄎㄨㄞ3），調不合，中文大辭典：「塊，與魁通」，亦有作「重魁魁」，說文：「凡物大皆曰魁」，義合，但「魁」讀khue（ㄎㄨㄝ1）、khơ（ㄎㄛ1），調不合。

　　「重喬喬」、「重塊塊」、「重魁魁」宜作「重權權」，禮記月令：「正權概」，注：「稱錘曰權」，莊子胠篋：「為之權衡以稱之」，玉篇、廣雅釋器、集韻、書經舜典疏皆曰：「權，稱錘也」，故「重權權」、「重錘錘」義同【與利劍劍、散桶桶、幼麵麵、熱火火、冷冰冰、定鐵鐵……等詞構相同】，「權khuân（ㄎㄨㄢ5）」在此音轉khuâiⁿ（ㄎㄨㄞ5鼻音）。

老款【老況】

0337

時至今日，生物科技進步，養生概念盛行，人的外表愈來愈不容易老，有很多人都七八十歲了，看起來才五六十歲的模樣，而五六十歲的人，看起來才三四十歲，當然也有三四十歲的人，看起來才二十出頭，現代人真會在年齡上玩魔術，根本看不出「老款lāu-khuán（ㄌㄠ7-ㄎㄨㄢ2）」。

尤其一些老人，不但外型看不出老樣，穿著、談吐、知識、涵養、行事、作風，有時還走在時代前端，完全看不出「老款」。

「老款」作「老式樣」解，多用於物品或器用，如新款衫和老款衫、新款車和老款車、新款鞋和老款鞋……，用「老款」來形容人的老樣，顯然不妥，

形容人年老的模樣和處境宜作「老況lāu-khuán（ㄌㄠ7-ㄎㄨㄢ2）」，許衡不寐詩：「老況青燈外，羈愁白髮還」，中文大辭典：「老況，老年的景況」，亦即蒼老的情況，它和「老款」不同，不可混為一談。廣韻：「況，許訪切」，讀hóng（ㄏㄛㄥ2）、khóng（ㄎㄛㄥ2），在此口語音轉khuán（ㄎㄨㄢ2）。

0338　剻、刲【詼】

　　動詞khau（丂幺1）、khe（丂せ1）、khue（丂ㄨせ1）音近，若將三個動詞分別填入「他給我□」句中的方框裡，則明顯khue（丂ㄨせ1）為一組，khau（丂幺1）、khe（丂せ1）另成一組，前組與語言有關，後組卻不一定與語言有關。

　　khue（丂ㄨせ1）宜作「詼」，集韻：「詼，譏戲」，漢書枚皋傳：「皋詼笑類俳倡」，注：「詼，嘲也」，漢書東方朔傳：「朔雖詼笑」，注：「詼，嘲戲也」，廣韻：「詼，苦回切，音盔khue（丂ㄨせ1）」，如「他誠愛詼諸女同事」、「什麼詼諧，不過是貧嘴賤舌的，討人厭罷了」【紅樓夢第廿五回】、「好笑謔，謂之詼諧」【故事成語考人事】。

　　khau（丂幺1）宜作「剻」，如剻刀、剻杉仔；khe（丂せ1）宜作「刲」，如刲鼎底；廣雅釋言：「刲，剻也」，可見刲剻同義，俗以音分別。

　　有時「剻」、「刲」亦用做語言上的譏嘲或嘲戲，與「詼」同，但必須明說是話語上的「剻」或「刲」，如「他用話給我剻」、「他用話給我刲」，不能只寫「他給我剻」、「他給我刲」，否則難以分辨他是動刀，還是動口。

0339　掛咧【擱咧、架咧】

　　河洛話khuè-lè（ㄎㄨㄝ3-ㄌㄝ3）有二義，一指擱於物上，一指架於物下，兩者動作方向剛好相反，因最早漢字有一字兼含正反義之現象，故khuè-lè（ㄎㄨㄝ3-ㄌㄝ3）最早應僅一種寫法，但兼正反義。

　　俗有作「掛咧」，有其理趣，如掛手、掛腳，指手、腳擱於物上，但「掛咧」要作架於物下則不妥，且「掛」俗作懸掛解，易生歧義，欠佳。

　　khuè-lè（ㄎㄨㄝ3-ㄌㄝ3）宜作「擱咧」，中文大辭典：「擱，置也；架也」，所謂擱於物上即「置」，架於物下即「架」，「擱koh（ㄍㄜㄏ4）」音轉khuè（ㄎㄨㄝ3）。

　　其實作「架咧」更佳，不但音近調同【「架」讀kè（ㄍㄝ3），可音轉khuè（ㄎㄨㄝ3）】，而且義合，「架」本義作「棚」解，乃將木配搭而成之棚，又以加有增置其上之一義【見形音義綜合大字典】，即兼含架於物下【如用椅子架著雙腳】、擱於物上【如眼鏡架在鼻樑上】二義。

　　若khuè-lè（ㄎㄨㄝ3-ㄌㄝ3）僅作一種寫法，「架咧」似優於「擱咧」，若作兩種寫法，擱於物上可作「擱咧」，架於物下可作「架咧」。

0340 靠腳、憩腳、掛腳【擱腳、架腳】

　　早期農業社會，夏天炎熱，有些家庭便在庭院晚餐，餐後，大人坐在有靠背的椅子上天南地北閒聊，一邊搖著葵扇，一邊吸著新樂園，雙腳則不忘「khuè（ㄎㄨㄝ3）【亦有說kue3（ㄍㄨㄝ3）】」於椅凳上晃著，一派悠閒。

　　將腳擱放於器物之上，河洛話說khuè-kha（ㄎㄨㄝ3-ㄎㄚ1），俗有作「靠腳」，按「靠」音khò（ㄎㄜ3），僅一音之轉，義亦有相近處，惟雙腳靠攏、以腳斜靠亦稱「靠腳」，恐生歧義。

　　或有作「憩腳」，「憩」音khè（ㄎㄝ3），亦僅一音之轉，但作休息雙腳義，義近「歇腳」，雖雙腳擱放於器物上，或有休憩義，然終究不等同「憩腳」。

　　或有作「掛腳」，「掛」音kuà（ㄍㄨㄚ3），亦僅一音之轉，言將雙腳掛置物上，有其理趣，惟「掛」俗多作「懸掛」義，不作「擱置」義。

　　其實可作「擱腳【或架腳】」，「擱」為閣之俗字，白讀koh（ㄍㄜㄏ4），作放置解，義合，音轉kò（ㄍㄜ3），再轉khuè（ㄎㄨㄝ3）【「過」字亦如是音轉】。

0341 大心氣【大心悸、彈心悸】

古來「心」、「氣」本指二物，心是心，氣是氣，故有「心平氣和」、「心浮氣躁」、「心高氣傲」等成語的產生，禮記月令：「仲夏之月，節嗜欲，定心氣」，管子內業：「心氣之形，明於日月」，呂氏春秋察賢：「全耳目，平心氣」，鬼谷子本經陰符：「術者心氣之道所由舍也，神乃為之使」，說苑政理：「平心氣，而百官治」，心氣還是二物。

俗以突然心跳稍快，或因而深深吸氣以緩舒心跳，河洛話稱tuā-sim-khui（ㄉㄨㄚ7-ㄒㄧㄇ1-ㄎㄨㄧ3），有作「大心氣」，音合，卻無法表達「心跳稍快」之義。

其實應作「大心悸」，說文：「悸，心動也」，後漢書梁節王暢傳：「肌慄心悸」，王延壽魯靈光殿賦：「心猥猥而發悸」，皆指心臟異常跳動之現象，此現象亦為病象，故亦作「瘈」，漢書酷吏田延年傳：「使我至今病悸」，注：「悸，心動也」，補注：「心中喘息曰悸」，「悸」從忄季聲，讀如季kui（ㄍㄨㄧ3）。

或可作「彈心悸」，「彈tuāⁿ（ㄉㄨㄚ7鼻音）」作跳動義。

0342　快活【氣活】

　　北京話「快活」作高興、快樂義，如北齊書恩倖傳和士開：「陛下宜及少壯，恣意作樂，縱橫行之，即是一日快活敵千年」，白居易詩：「快活不知如我者，人間能有幾多人」，儒林外史第卅二回：「昨日擾了世兄這一席酒，我心裡快活極了」。

　　河洛話稱「舒暢」亦為khuì-uảh（丂ㄨㄟ3-ㄨㄚㄏ8），俗多作「快活」，此寫法乍看似乎可行，然細究之，似有不妥。

　　主因是「快樂」和「舒服」不同，「快樂」屬心理層次，是心理感覺，「舒暢」屬生理層次，是生理狀態，不宜混談。

　　表「生理舒服」的khuì-uảh（丂ㄨㄟ3-ㄨㄚㄏ8）宜作「氣活」，中醫早有「活血」、「活氣」之說，指的是氣血的活絡通暢，詩周頌載芟：「播厥百穀，實含斯活」，孔穎達疏：「穀之種實，皆含此當生之活氣」，「活氣」即活潑之氣，「氣活」為其倒語，指氣為之活絡、流暢，這時身體的生理感覺當然是「舒服」。

　　「心情快活」與「身體氣活」不盡相同，宜明辨之。

0343 歇睏【歇困】

　　休息，河洛話說hioh-khùn（ㄏㄧㄜ ㄏㄣ4-ㄎㄨㄣ3），一般有兩種寫法，一為「歇睏」，一為「歇困」，到底何者為是？其差別又為何？

　　「睏」字從目困，困亦聲，本作眼睛疲困義，後作「倦而欲睡」解，乃睡眠之意，故從目；又易有困卦，其象曰：「困，剛揜也」，即剛勁暫被覆蔽之意；睏為勞倦而剛勁缺乏之現象，故從困聲。

　　「困」字從口木，言木本宜順乎天然之性，向上下四方生長，以求根莖枝葉日益繁盛，今受口之制，局束難伸，所以為困，後引伸作疲倦解，如後漢書耿純傳：「至營勞純曰：昨夜困乎？」

　　河洛話稱「歇熱【暑假】」、「歇寒【寒假】」、「歇過年」、「歇中秋」，乃因褥熱、因寒冷、因過年、因中秋而歇息之義，如是，「歇睏」即因睏【昏昏欲睡】而歇，「歇睏」就是睡覺；「歇困」即因困【疲倦】而歇，「歇困」就是休息，如「十二點矣，晏矣，你先去歇睏」、「渾身軀汗，咱去樹下坐一下，歇困一下」。

孤子【孤屈、孤崛】

　　河洛話說「ko͘-khùt（ㄍㆦ1-ㄎㄨㄉ8）」，一般具有二義，第一義是指無子無孫的鰥夫，第二義是指孤獨不群的特質。

　　俗有作「孤子」，說文通訓定聲：「孑，無左臂也，从了，象形」，文始：「所孳乳與孑同」，「孑」無右臂，「孑」無左臂，兩字相對卻義同，都作「單獨」義，惟「孒」古罕見用，向來僅「孑」字見行，如孑孑，特出貌；孑立，孤立也；孑然，孤獨貌；孑輪，獨輪也；孑遺，獨存也；廣韻：「孑，居列切」，讀kiat（ㄍㄧㄚㄉ4），廣韻：「孒，九勿切」，讀kut（ㄍㄨㄉ4），河洛話ko͘-khùt（ㄍㆦ1-ㄎㄨㄉ8）宜作「孤孒」，不宜作「孤孑」，不過「孒」讀四調，調不合。

　　或可作「孤屈」，中文大辭典：「屈，竭盡也」，孤屈，孤獨無後也【前述第一義】；中文大辭典：「屈，屈奇也，奇異也」，孤屈，孤特不群也【前述第二義】。

　　說文通訓定聲：「屈，假借為崛」，說文：「崛，山短而高也」，集韻：「崛，崛然，獨立貌」，廣韻：「崛，衢物切」，讀khùt（ㄎㄨㄉ8），孤崛，孤特獨立也【第二義】。

0345　安燨燒【燨燉燒】

「微溫」河洛話說sio-lun（ㄒㄧㄛ1-ㄌㄨㄣ1），或說la-lun-sio（ㄌㄚ1-ㄌㄨㄣ1-ㄒㄧㄛ1），二說有其類近處。

若sio-lun（ㄒㄧㄛ1-ㄌㄨㄣ1）作「燒燨」，la-lun-sio（ㄌㄚ1-ㄌㄨㄣ1-ㄒㄧㄛ1）作「洓涊燒」，「lun（ㄌㄨㄣ1）」一作「燨」，一作「涊」，欠一致性。

有作「燒燨」、「安燨燒」，說文：「燨，安燨，燨【溫】也」，義合，且lun（ㄌㄨㄣ1）用字一致，惟「燨」韻書注讀luân（ㄌㄨㄢ5）、lûn（ㄌㄨㄣ5），非一調。

倒是「燨luân（ㄌㄨㄢ5）」可轉lâ（ㄌㄚ5）【如滿、端、捲亦是】，與la（ㄌㄚ1）一樣，置前變七調。故有作「燒暖」、「燨暖燒」，義合，且lun（ㄌㄨㄣ1）用字一致，但「暖【或作煖、煗、㬉】」讀luán（ㄌㄨㄢ2），非一調。

或可作「燒燉」、「燨燉燒」，白居易詩：「池水煖暄燉」，元稹詩：「不愛陽暄燉」，王建宮詞：「新晴草色煖暄燉」，燉，暖也。廣韻：「燉，他昆切」，音thun（ㄊㄨㄣ1），可轉「lun（ㄌㄨㄣ1）」【或係「微微燒ba-bun-sio（ㄅㄚ1-ㄅㄨㄣ1-ㄒㄧㄛ1）音變所致」】。

0346　樂天【聊天】

　　樂天知命者開朗活潑，愛開玩笑，河洛話說這種人la-thian（ㄌㄚ1-ㄊㄧㄢ1）、ài-la（ㄞ3-ㄌㄚ1），若作「樂天」、「愛樂」，倒足以表義。

　　廣韻：「樂，五角切」，讀gàk（ㄍ'ㄚㄍ8），集韻：「樂，歷各切」，讀lòk（ㄌㆦㄍ8），餘尚讀liàu（ㄌㄧㄠ3）、hiàu（ㄏㄧㄠ3）、lak（ㄌㄚㄍ4），卻無平聲讀音。

　　la-thian（ㄌㄚ1-ㄊㄧㄢ1）宜作「聊天」，ài-la（ㄞ3-ㄌㄚ1）宜作「愛聊」，楚辭王逸九思逢尤：「心煩憒兮意無聊」，注：「聊，樂也」，文選揚雄羽獵賦：「聊浪虖宇內」，「聊浪」即樂而放浪，石崇王明君辭：「殺身良不易，默默以苟生，苟生亦何聊，積思常憤盈」，「何聊」即有何快樂；故「聊天」即樂天，即開朗活潑，「愛聊」即愛樂，即愛開玩笑，「聊liâu（ㄌㄧㄠ5）」口語讀la（ㄌㄚ1），如聊賴的「聊」俗亦讀la（ㄌㄚ1）。

　　北京話稱「閒談」為「聊天」，但河洛話作「話仙uē-sian（ㄨㆤ7-ㄒㄧㄢ1）」，河洛話「聊天la-thian（ㄌㄚ1-ㄊㄧㄢ1）」，相當北京話「樂天」。

0347 落英語【喇英語】

　　臺灣股票重挫，電視新聞報說企業家徐旭東「落英語」看好股市云云，乍看，還真不懂「落英語」是何義？

　　「落」在這裡讀làu（ㄌㄠ3），作「說」義，「落英語」即說英語。明顯的，這「落」字純屬記聲寫法，義不足取，因「落」根本無關說話。

　　落英語的「落」，口語音其實有三，一是là（ㄌㄚ3），二是lù（ㄌㄨ3），三才是làu（ㄌㄠ3），依語音發展可能來看，一是原始說法，由一發展出二，再發展出三，要找出「落英語」的正寫，理應從là（ㄌㄚ3）下手。

　　là（ㄌㄚ3）宜作「喇」，玉篇：「喇，喝喇，言急也」，亦即說話快速，就是河洛話說的「講話喇喇叫」【一指講話速度快，一指喇喇作聲，如牡丹亭：「風喇喇，陣旗飄」，喇喇，象聲詞也】。

　　金瓶梅詞話第廿六回：「我不喇嘴說──就把潘字倒過來」，喇嘴，誇口、說大話也。

　　喇，言急也，大言也，早期人會說英文者極少，「會說英語」乃風光之事，說英語時當然大聲說出，而且如連珠炮一般，即所謂「喇英語」。

板流油
0348【肪膫油、肪脋油、肪膡油】

　　河洛話稱脂肪為pang-lâ-iû（ㄅㄤ1-ㄌㄚ5-ㄧㄨ5），有以為係指豬的板油，故寫做「板流油」，「流」字係因豬的板油質軟有若流質，故名，其實相差遠矣。

　　河洛話pang-lâ-iû（ㄅㄤ1-ㄌㄚ5-ㄧㄨ5）確實在指豬腔內的板狀脂肪，卻不宜作「板流油」，而應作「肪膫油」、「肪脋油」、「肪膡油」。

　　潮汕方言：「俗呼豬腰間脂肪為邦膡，應作肪脋」。玉篇：「脂，肪，脂亦肪也」。通俗文：「脂在腰間曰肪，其色白。脋，正韻音『聊』，俗作膡」。廣韻：「腸間脂也」。詩小雅信南山：「執其鸞刀，以啟其毛，取其血脋」。鄭玄箋云：「脂膏也」。新唐書禮樂志一：「諸太祝取肝，脋燔于爐，還尊所」，脋，腸脂也。潮汕方言：「吾人除腰間之脂呼肪外，餘皆呼脋，不呼肪脋，其語之嚴，正與詩箋同，他方呼豬油，其義廣泛」。

　　可見腰間脂肪才稱「肪脋」，餘皆單說「脋」，集韻：「肪，分房切」，讀如邦pang（ㄅㄤ1），膫、脋、膡三字互通，韻書皆注「落蕭切」，可讀lâ（ㄌㄚ5）。

0349 大舞撓【大舞弄】

　　民間活動中，要屬廟會最為盛大，不但陣容壯盛，場面浩大，而且人山人海，熱鬧非凡，這種盛大舉行的活動，河洛話稱之為tuā-bú-lā（ㄉㄨㄚ7-ㄅˊㄨ2-ㄌㄚ7），有作「大舞撓」。

　　國語吳語：「撓亂百度」，注：「撓，擾也」；荀子議兵：「以指撓沸」，注：「撓，攪也」；韻會：「鬧，不靜也，喧囂也，或作撓」。從上「撓」可得三義：一為擾亂，一為攪動，一為囂鬧。若為第一義，則「大舞撓」為大加擾亂；若為第二義，則「大舞撓」為大加攪動，皆不適合；此處「大舞撓」宜作第三義，為大加囂鬧，引申作盛大舉行解。因此，若將「大舞撓」改作「大舞鬧」，詞義較為明確，可以避開第一義及第二義之歧義。

　　其實「舞撓」為同義複詞，可惜「舞撓」非成詞，若欲成詞不妨寫做「舞弄」，「大舞弄」亦可狀場面壯盛，「弄」白話可讀lā（ㄌㄚ7），如「弄一碗菜」、「信且弄弄咧【「信且」讀做tshìn-tshái（ㄑㄧㄣ3-ㄘㄞ2），臺灣語典作「請裁」，高階標準臺語字典作「信採」】」。

0350　撓【撩、撈】

　　河洛話稱攪動、攪拌、攪和為lā（ㄌㄚ7），亦稱撈取為lā（ㄌㄚ7），音雖一樣，義卻不同，不可不辨。

　　攪動、攪拌、攪和的lā（ㄌㄚ7），宜作「撓」，荀子議兵：「以桀作堯，譬之若以卵投石，以指撓沸」，所謂「以指撓沸」即以手指頭去攪動沸燙的湯水或油汁；淮南子說林訓：「使水濁者，魚撓之」，意思是說使水混濁的，是因為魚到處攪動的關係；河洛話有歇後語說：「臭溝仔糜撓礬----假清」，意思是說臭水溝裡頭的烏濁泥漿用明礬加以攪和，雖可使水中髒物沉澱，但水的澄清狀態其實是假的，意指假清白、假清廉；以上「撓」皆作攪動、攪拌、攪和義。

　　撈取的lā（ㄌㄚ7），宜作「撩」、「撈」，集韻：「沈取曰撈」，方言十三：「撈，取也，注：謂鈎撈也」，常昭合志篇二：「水中取物曰撈」，集韻：「撈，取物也，或作撩」，如揭竹錦仔撩【撈】水底的魚鉤仔、撩【撈】無半項物件。集韻注「撈」、「撩」皆力弔切，音料liāu（ㄌㄧㄠ7）」，可轉lā（ㄌㄚ7）。

0351　撓飛【撩飛、撈飛】

　　黑面琵鷺是一種瀕臨絕種的野生候鳥，總數量聽說才幾百隻，每年冬季因過半數在臺灣臺南七股一帶過冬，讓「臺灣」因此揚名國際。

　　「黑面琵鷺」，河洛話如何稱呼？不住七股一帶，還真不知如何說，就像河洛話稱「天牛」為「苦楝牛」，稱「登革熱」為「天狗熱」，稱「土石流」為「水崩山」一樣，已是較深一層的語言文化了。

　　七股一帶人稱「黑面琵鷺」為「撓飛lā-pue（ㄌㄚ7-ㄅㄨㄝ1）」，言此候鳥往往將其扁平嘴伸入水中「撓一撓」，然後展翅「飛走」，故名「撓飛」。

　　荀子議兵：「以指撓沸」，注：「撓，攪也」，集韻：「撓，女教切，音鬧nāu（ㄋㄠ7）」，可音轉lāu（ㄌㄠ7）、lā（ㄌㄚ7），故寫「撓飛」應屬合宜。

　　其實黑面琵鷺嘴伸入水中「撓」，是在「撈取」水族食物，寫做「撈飛」、「撩飛」似更佳，集韻：「撈，方言，取也，或作撩」，方言十三：「撈，取也」，集韻注「撈」、「撩」皆力弔切，音料liāu（ㄌㄧㄠ7）」，可轉lā（ㄌㄚ7）。

0352 來【徠、倈】

　　河洛話「我來台北」，「來」字有兩種讀法，兩種意思，而且剛好相反，不能不知道；一讀lâi（ㄌㄞ5），作「我來到台北」義，「來」作來到【即來】解；一讀lái（ㄌㄞ2），作「我要去台北」，「來」作前往【即去】解；這「來」字實令人困惑，雖古典用字有些字有一字兼正反二義，在此以一「來」字又表「來」，又表「去」，似乎並不妥適。

　　易繫詞：「天下同歸而殊途」，易序卦：「與人同者，物必歸焉」，孟子梁惠王上：「民歸之，由水之就下」，南史檀道濟傳：「於是中原感悅，歸者甚眾」，「歸」皆作趨、往解，若說「來」為離彼就此，則「歸」為離此就彼，兩者適反，「歸」相當於來往的「往」、來去的「去」。

　　「歸」俗寫「徠」、「倈」，字形迥異，故得新音，因字中含聲根「來」，可白讀lái（ㄌㄞ2）。故離彼就此稱「來lâi（ㄌㄞ5）」，離此就彼稱「徠【或倈】lái（ㄌㄞ2）」，如「我來台北，已經一冬矣」、「我後禮拜每徠【或倈】台北」，如此則判然有別。

0353 　　　來2【倈、俫】

　　「來lâi（ㄌㄞ5）」，離彼而就此，即來到；「倈【或俫】lái（ㄌㄞ2）」，離此而就彼，即趨往，二字音近而義迥異。

　　河洛話「起來【即上來】」、「走來【即跑過來】」、「行來【即走過來】」等「來」置於詞尾，口語往往輕讀，接近三調，詞首「起」、「走」、「行」，讀時保持本調，這是河洛話的特色之一，若因此改作「起倈」、「走倈」、「行倈」，意思變成向上而去、跑步而去、步行而去，語意已有變化。

　　其實「倈【或俫】」為「來去」的合音，「來去」與輸贏、生死、成敗等詞構相同，屬反義複詞，意思是「去」。

　　咱來去台北＝咱倈台北＝咱去台北

　　不過「倈」只限用於第一人稱，如我、吾、咱，第二三人稱卻不能用，不能不察。

【附記：廣雅釋詁一：「乃，往也」，則「乃」、「倈」可通，「乃」音nái（ㄋㄞ2），可轉lái（ㄌㄞ2），惟「乃」今多作代詞、副詞、連詞、助詞，為避免混淆，仍以「倈」為佳。】

0354 衄銳【落綏、落朘、衄朘】

　　一個人受挫時，氣勢衰微，意志消沉，河洛話即說lak-sui（ㄌㄚㄍ4-ㄙㄨㄧ1），有作「落綏」，說文通訓定聲：「綏，假借為垂」，故「綏」即頹下之貌，加上「落」作掉下義，「落綏」便成了頹然不起，可謂音義皆可行，

　　有作「落朘」，言一個人銳氣受挫或優勢急降的窘迫處境，猶如「落朘」一般，所謂「落朘」，即「朘」驟然下垂，「朘」即雄性生殖器，俗亦稱「男朘」、「屪朘」，「落朘」即俗戲說的「六點半」，即頹然不起之勢。

　　有作「衄銳」，文選左思吳都賦：「莫不衄銳挫鋩，拉摧擢藏」，注：「善曰：衄，折傷也」，廣韻：「衄，挫也」，而廣韻、集韻、韻會：「衄，女六切」，讀如lak（ㄌㄚㄍ4），可見「衄銳」即「銳氣受挫」，義合，但韻書注「銳」讀juē（ㄗㄨㄜ7）、tuē（ㄊㄨㄜ7）、iát（ㄧㄚㄅ8），不讀平聲一調。

　　作「衄朘」亦可行，言「朘【男根】」受「衄【挫】」，雄風不再也，與「落朘」類近，卻較為文雅。

128

0355 搦搦瘛 【慄慄惴、慄慄惙】

河洛話稱「因冷或恐懼而發抖」為「瑟瑟戰sih-sih-tsùn（ㄒ一ㄏ4-ㄒ一ㄏ4-ㄗㄨㄣ3）」，與之對仗成詞者則為lak-lak-tshuah（ㄌㄚㄍ8-ㄌㄚㄍ8-ㄘㄨㄚㄏ4）。

lak-lak-tshuah（ㄌㄚㄍ8-ㄌㄚㄍ8-ㄘㄨㄚㄏ4）俗有作「搦搦瘛」，搦，五指緊抓物也，瘛，一種身體抖動之病也，「搦搦瘛」即手執物而身戰，即惶懼不知所措，然「惶懼不安」與「手執物」無必然關係，作「搦搦」無據。

「搦搦」宜作「慄慄」，慄，懼也，戰慄也，音與「搦」同，讀lik（ㄌ一ㄍ8）、lak（ㄌㄚㄍ8），詩秦風黃鳥：「惴惴其慄」，惴，憂懼也，與慄同義，因湍流的「湍」俗白讀tshuah（ㄘㄨㄚㄏ4），「喘」讀tshuán（ㄘㄨㄢ2），形聲字「惴」口語可讀tshuah（ㄘㄨㄚㄏ4），而作「慄慄惴」。

亦可作「慄慄惙」，說文：「惙，憂也，又曰意不定也」，「慄慄惙」即惶懼不安。

河洛話lak-lak-tshuah（ㄌㄚㄍ8-ㄌㄚㄍ8-ㄘㄨㄚㄏ4）若指惶懼不安，宜作「慄慄惴」、「慄慄惙」，若指身體顫抖，則不妨作「慄慄瘛」。

0356　濫摻、濫雜、攪摻【亂散】

　　日常生活中的胡亂作為，如胡亂做事、胡亂說話、胡亂飲食、胡亂購物……，河洛話統稱lām-sám（ㄌㄚㄇ7-ㄙㄚㄇ2），臺灣語典作「濫摻」；臺灣漢語辭典作「儑俕」、「儑儳」、「儑儵」、「穇穧」、「穇摻」、「濫雜」；高階標準臺語字典作「攪摻」、「濫甚」，寫法紛陳，不一而足。

　　其中「濫摻」、「濫雜」、「攪摻」倒不謀而合，因濫、摻、雜、攪，皆作混合義，濫摻、濫雜、攪摻，三者皆以交互混雜引伸作「亂」義。

　　或可直接作「亂散」，為「散亂」之倒語，作「亂」義。

　　「亂luān（ㄌㄨㄢ7）」口語可音轉lān（ㄌㄢ7），如亂神、亂彈、繚亂，廣韻：「散，蘇旱切」，讀sán（ㄙㄢ2），因音近sám（ㄙㄇ2），「亂散lān-sán（ㄌㄢ7-ㄙㄢ2）」口語可轉lām-sám（ㄌㄚㄇ7-ㄙㄚㄇ2）。

　　胡亂做即「亂散做【俗亦說「為非散做」】」，胡亂買即「亂散買」，胡亂說即「亂散講」，胡亂吃即「亂散食」，胡亂來即「亂散來」，一以貫之，通俗而又簡明。

130

0357　含卵【含涎】

　　一個人說話口齒不清，好像口中含著口水一般，這種狀況河洛話說是「kóng-uē-kâm-lān（ㄍㄛㄥ2-ㄨㄝ7-ㄍㄚㄇ5-ㄌㄢ7）」，俗多作「講話含卵」，怎會這樣寫呢？「卵lān（ㄌㄢ7）【亦有作「男」、「屌」】」指的是男性生殖器，講話時嘴裡含「卵」，多可怕，多粗魯，多無厘頭的寫法！

　　其實這是訛讀造成的結果，lān（ㄌㄢ7）應該是nuā（ㄋㄨㄚ7），指口水，故俗亦有「講話含瀾」的寫法，這要比「講話含卵」的寫法好。不過「瀾」作波瀾義，或作游波之旁薄者，即海邊最後衝上沙灘，有時還含帶大量泡沫的海浪餘波，後來被引伸為飛沫、口沫，亦即口水，「瀾」因此便作口水解，其實這是毫無根據的假借寫法。

　　表示口水還是以「涎」字最為簡明，廣韻：「涎，于線切」，分明讀uāⁿ（ㄨㄚ7鼻音），證諸「誕tuāⁿ（ㄉㄨㄚ7鼻音）」、「筵thuaⁿ（ㄊㄨㄚ1鼻音）」、「延thuàⁿ（ㄊㄨㄚ3鼻音）」，「涎」的白話半鼻音轉全鼻音讀做nuā（ㄋㄨㄚ7）。

0358　格卵乖、格攔乖【格亂乖】

　　河洛話說到lān（ㄌㄢ7），有時會變得敏感，因為會讓人以為在說男性生殖器，男性生殖器lān（ㄌㄢ7）一般作「屪」、「卵」、「男」。

　　lan7（ㄌㄢ7）當然不一定指男性生殖器，例如受難【遭受苦難】的「難」；燦爛【明淨貌】的「爛」；話誦讕、話唬讕【胡說八道】的「讕」；抵攔【用行動抵制】、詆攔【用語言抵制】的「攔」；亂神【言行怪異悖亂有如心神迷亂一般】的「亂」；含涎【說話口齒不清】的「涎」；誕言、誕語、誕話【大話】的「誕」；以上引號中的字都讀lān（ㄌㄢ7），都與男性生殖器無關。

　　另，故意違逆亂來或阻攔致使人不得順遂的行為做法，河洛話稱「格亂kėh-lān（ㄍㄝㄏ8-ㄌㄢ7）」、「格乖kėh-kuāi（ㄍㄝㄏ8-ㄍㄨㄞ7）」，或將二者合併起來稱為「格亂乖kėh-lān-kuāi（ㄍㄝㄏ8-ㄌㄢ7-ㄍㄨㄞ7）」【「乖」或讀帶鼻音kuāiⁿ（ㄍㄨㄞ7鼻音）】，按，格、乖，皆橫逆也，有作「格卵乖」，寫法狂野粗暴，力道萬鈞，若作「格攔乖」，不失本義，文雅明確，卻也可行。

0359　块卵、堼卵【閒誕】

　　「块【堼】」音ing（ㄧㄥ1），名詞作「塵埃」解，如块埃【堼埃】；動詞作「塵起」義，如土沙块【堼】著目珠、土沙捧捧块【堼】，亦作「蒙塵」解，如桌頂块【堼】一層土沙；有河洛話謎猜「褲袋仔袋火灰」，意思是「在褲袋裡裝放灰燼」，猜河洛口語一句，謎底是「块卵ing-lān（ㄧㄥ1-ㄌㄢ7）【或作「堼卵」】」，因為灰燼裝在褲袋裡，「卵【男性生殖器】」因而蒙塵，故得「块卵【堼卵】」之謎底，算是諧音謎。

　　河洛口語îng-lān（ㄧㄥ5-ㄌㄢ7）作「閒極無聊」義，作「块卵【堼卵】」，簡直是無厘頭的寫法，不妥，俗有作「閒卵」，亦不妥，因「閒卵」屬粗話，意思是男陰閒著沒事做，引申閒極無聊義。

　　典雅的寫法宜作「閒誕」，猶閒放也，元稹上令狐相公詩啟：「稹自御史府謫官，於今十餘年矣，閒誕無事，遂專力於詩章」。閒，閒暇也，悠閒也，音hân（ㄏㄢ5），口語訓讀îng（ㄧㄥ5），如閒人、閒工夫、閒話、閒閒。「誕」可讀tuāⁿ（ㄉㄨㄚ7鼻音）、tān（ㄉㄢ7），口語音轉lān（ㄌㄢ7）。

0360 攏褲【攬褲、攘褲】

河洛話稱「抓住褲頭往上拉」為láng-khò（ㄌㄤ2-ㄎㄛ3），寫法甚多，如作「掌褲」，音可通，惟「掌」作捧、掌擊、主理義，無拉義，讀láng（ㄌㄤ2）時，「掌權」可通，「掌褲」欠妥。

有作「總褲」、「攏褲」，音可通，惟「總」作聚束、統括義，「攏」作合、持、理義，無拉義，讀láng（ㄌㄤ2）時，「總頭鬃」、「攏賬」可通，「總褲」、「攏褲」欠妥。

有作「攬褲」，音可通，「攬」作執持、拉住義，漢書息夫躬傳：「撫神龍兮攬其鬚」，曹植名都賦：「攬弓捷鳴鏑」，水滸傳第一回：「盤坡轉徑，攬葛攀藤」，孽海花第九回：「左手攬雯青之袖」，故作「攬褲」合理，惟易生「抱著褲子」之歧義，欠佳。

有作「攘褲」，音可通，「攘」作捋、揎義，曹植洛神賦：「攘皓腕於神滸兮」，且攘袂、攘袖、攘衸、攘襟皆成詞，則「攘衫裾末【尾】」、「攘褲」亦通。

134

0361 ᵇⁿᵈ 弄站【空暫、朗站】

臺灣語典卷二：「弄站làng-tsām（ㄌㄤ3-ㄗㄚㄇ7），猶中輟也。弄為弄晴之弄，站為段落」，連氏之說欠妥。

「弄站」宜作「空暫」，作暫時停頓解，亦即中輟。

「空」作動詞時，讀khàng（ㄎㄤ3），與làng（ㄌㄤ3）僅一聲之轉，口語亦讀làng（ㄌㄤ3），如留五個空位即「空五位」，三天不耕作即「空三日無作穡」，以上「空」字口語讀khàng（ㄎㄤ3），亦讀làng（ㄌㄤ3）。

說文：「暫，不久也」，類篇：「暫，須臾也」，屬日部的字為時間詞，「暫」指一小段時間，「站」為空間詞，故「空暫」指中輟一段時間，俗亦說「空一暫」，如他已經空一暫無來矣；「空站」指中斷一段距離，俗亦說「空一站」，如你合她成績空一站誠大站。

làng（ㄌㄤ3）亦可作「朗」，從月，本作月明義，引申空曠、空出【夜空空曠，故月明】，如朗縫、朗一個月、朗三暝，前述可作朗暫、朗一暫、朗站、朗一站。

135

0362　人家【人我】

　　北京話說到稱謂詞「人家」，運用在口語上，一般有兩種用法，一是指稱自己，一是指稱別人【他或他們】，因此當你聽別人說「人家害羞嘛」，實在不知道說話者說自己害羞，還是說他人害羞。

　　「人家」原用來指稱他人之家、民家、住戶、家庭、家業、女子未嫁前的夫家、他人，後來亦用來對人稱自己，等同河洛話的「人我lâng-guá（ㄌㄤ5-ㄍ’ㄨㄚ2）」。

　　台北集思謎社葉明冬先生發現「家」和「我」的草書寫法近似，推論「人家」用來指稱自己，應是自「人我」變化而來，這是很有意思的說法。

　　當一個人對他人指稱自己時，河洛話會說「人我」【或單說「我」】，例如「人我是都市人【我是都市人】」、「人我不知也【我不知也】」、「人我會驚【我會驚】」、「人我腹肚誠飽【我腹肚誠飽】」，「人我」就是我。

　　若省略「我」，作「人是都市人」、「人不知也」、「人會驚」、「人腹肚誠飽」，意思等同北京話的「人家」，有時指稱自己，有時指稱他人。

0363　麻粩【麻虁、麻粈】

宋姚寬西溪叢語卷上：「閩廣人食檳榔，每切作片，蘸蠣灰以荖葉裏嚼之，荖音老」；宋范成大有詩題為「巴蜀人好食生蒜臭不可近頃在嶠南其人好食檳榔合蠣灰扶留藤一名蔞藤」，真是超特長的詩作題目。

可見紅唇族所深愛的檳榔，加在裏頭而今已少見的民間經濟作物「荖藤」，亦可作留藤、蔞藤，「荖」即「蔞」，讀láu（ㄌㄠ2）。

今民間有食品稱為麻粩、米粩，「粩」亦讀láu（ㄌㄠ2），可是字書卻未收此字，疑「粩」為後來民間造字，其實應寫「虁」，其造字原理與「荖通蔞」同，廣韻：「虁，麷虁，鬟餅也」，廣韻：「虁，郎斗切」，讀láu（ㄌㄠ2）。古貓虁、麷虁等油炸食品，近似今之麻虁、米虁，於虁之表面黏敷麻粒者稱「麻虁」，黏敷米麷者稱「米虁」。

有作「麻粈」，說文新附：「粈，粗粈也」，集韻：「粈，蜜餌」，係以蜜和米麷熬煎而成，集韻：「粈，忍與切，音汝lú（ㄌㄨ2）」，可音轉láu（ㄌㄠ2）。

0364 落屎星【流駛星】

蒼穹浩瀚無際，天體多如牛毛，擅觀星望斗者，能如數家珍般述說各種星體，一般人則大抵對滿天星斗習焉不詳，認識的大概只有日月北斗而已。

不過對滑過夜空的那一線流明，大概也都知曉，它們就是流星liû-tshe^n（ㄌㄧㄨ5-ㄘㄝ1鼻音）。西洋人甚至以為，看見流星時許下的願望可以實現。

一般流星亦稱「落屎星làu-sái-tshe^n（ㄌㄠ3-ㄙㄞ2-ㄘㄝ1鼻音）」，其中帶一條掃帚形狀尾巴者，即所謂彗星，河洛話稱為掃帚星sàu-tsiú-tshe^n（ㄙㄠ3-ㄐㄧㄨ2-ㄘㄝ1鼻音）。

「落屎星」之說實在不雅，有人說應作「淖屎星」、「漏屎星」，一樣不雅，一線流明自天而降，何其美麗浪漫，寫做十足粗俗的「落屎」、「淖屎」、「漏屎」【三者皆指拉肚子】，真是大為掃興，再說流星哪會與「拉肚子」有關。

其實是「流駛星」，「駛」有急馳義，口語讀sái（ㄙㄞ2），「流」可讀liù（ㄌㄧㄨ3）、làu（ㄌㄠ3），蕩散也【見0408篇】，變成「落屎星」，是諧音訛寫的結果。

0365　落屎【掉屎】

　　河洛話將làu（ㄌㄠ3）寫做「落」的例子很多，如「落屎【拉肚子】」、「落胎【墮胎】」、「落水【放水】」、「落褲【褲子掉下來】」、「落下頦【掉下巴】」、「落翅仔【不良少女】」。

　　按「落」字雖語音繁多，卻是標準入聲字，可讀八調：lòk（ㄌㄛㄍ8），如部落；lòh（ㄌㄜㄏ8），如落雨；làk（ㄌㄚㄍ8），如下落【「下」讀ka（ㄍㄚ1）】；làuh（ㄌㄠㄏ8），如下落枕；可讀四調：loh（ㄌㄜㄏ4），如落後日；lak（ㄌㄚㄍ4），如落花；或亦可讀lauh（ㄌㄠㄏ4），如落屎，即上吐下瀉的「腹瀉」。

　　嘔吐俗簡稱「嘔」、「吐」，腹瀉簡稱「làu（ㄌㄠ3）」，不是lauh（ㄌㄠㄏ4），故不宜作「落」，俗有作「淖」，集韻：「淖，濡甚也」，則「淖屎」指水分極多的大便，即「拉肚子」，但廣韻：「淖，奴教切，音鬧lāu（ㄌㄠ7）」，調不合。

　　「落屎」、「落胎」、「落水」、「落褲」、「落下頦」、「落翅仔」應做「掉屎」、「掉胎」、「掉水」、「掉褲」、「掉下頦」、「掉翅仔」，掉，落也，集韻：「掉，女教切」，讀làu（ㄌㄠ3）。

0366

怐愗 【漏氣】

泄，漏也；泄，亦作洩 【廣韻】；瀉，泄也 【集韻】；泄、洩、瀉、漏四字關係又如何？

按「泄」有二義二讀，一讀siap（ㄒㄧㄚㄅ4），指微量滲出【不易察覺】，與「洩siap（ㄒㄧㄚㄅ4）」同；一讀sè（ㄙㄝ3），指大量流出，與「瀉sià（ㄒㄧㄚ3）」同。

「漏」亦二義二讀，一讀lāu（ㄌㄠ7），指微量滴出【可察覺】，與「洩」相近；一讀làu（ㄌㄠ3），指大量流出，與「瀉」同。

「漏」俗多讀七調 【韻書亦不注三調】，如漏雨、洩漏，但事實「漏」口語讀三調，指大量流出，與河洛話用法相同，如淮南子本經訓：「平通溝陸，流通東海，鴻水漏，九州乾」，後漢書陳忠傳：「淫雨漏河」，中文大辭典：「痔漏，病名，婦人之崩漏病也，和脈經：婦人有漏下者」，以上「漏」指大量流出，讀làu（ㄌㄠ3）。

故漏氣、漏風、漏水，「漏」可讀七與三調，差別就在微量滴出，還是大量流出。

出醜有作「怐愗làu-khuì（ㄌㄠ3-ㄎㄨㄧ3）」，實不必 【按「怐」讀二調、收k（ㄍ）四調，調不合】，俗作「漏氣」即為正寫。

0367 油咧咧【油胒胒、油膩膩】

　　有些人好像一架出油機，臉容易出油，頭髮也是，臉和頭髮總是油膩膩的，河洛話說iû-leh-leh（ㄧㄨ5-ㄌㄝㄏ4-ㄌㄝㄏ4），俗多作「油咧咧」，寫法不妥。

　　河洛話置前變調是一種通則【北京話只連續三聲詞，前字變二調，如古法、手錶，或疊詞的後字變輕聲調，如爸爸、妹妹】，三調字和四調字【指開口促音，收h（ㄏ）的入聲字，如鴨、甲、桌】置前都變二調，或因這樣，有些詞的口語音同時被讀三調與四調，如「物聖mngh-sngh（ㄇㄥㄏ4-ㄙㄥㄏ4）」的「聖」俗亦讀sìg（ㄙㄥ3）【見0442篇】，前述iû-leh-leh（ㄧㄨ5-ㄌㄝㄏ4-ㄌㄝㄏ4），俗口語亦讀做iû-lè-lè（ㄧㄨ5-ㄌㄝ3-ㄌㄝ3），若究其原本，其實應以iû-lè-lè（ㄧㄨ5-ㄌㄝ3-ㄌㄝ3）為正音，iû-leh-leh（ㄧㄨ5-ㄌㄝㄏ4-ㄌㄝㄏ4）乃後來衍生音。

　　正字通：「胒，肥也」，正字通：「胒，乃計切，音膩lè（ㄌㄝ3）」，句讀：「蓋肥之發於外者曰膩」，廣韻：「膩，女利切」，讀lì（ㄌㄧ3）、lè（ㄌㄝ3），故iû-lè-lè（ㄧㄨ5-ㄌㄝ3-ㄌㄝ3）宜作「油胒胒」、「油膩膩」，不宜作「油咧咧」。

0368　曲犁犁【曲戾戾】

　　語言的發展是由具象往抽象發展的，將具體名詞作抽象狀詞用，乃早期語言常見的一種現象。

　　具體名詞「劍」因十分犀利，便被用來狀抽象的「利」，曰「利劍劍」，後來作「利監監」；具體名詞「桶」因會四分五散，便被用來狀抽象的「散」，曰「散桶桶」，後來作「散蕩蕩」；具體名詞「旗」因高且長，便被用來狀抽象的「高」，曰「躼旗旗【「躼」音lò（ㄌㄛ3），或作「躼」】」，後來作「躼頎頎」。

　　具體名詞「犁」因形體彎曲，便被用來狀抽象的「曲」，曰「曲犁犁khiau-lê-lê（ㄎㄧㄠ1-ㄌㄝ5-ㄌㄝ5）」，後來作「曲戾戾」。說文：「戾，曲也」，「曲戾戾」即很彎曲的樣子，然廣韻：「戾，郎計切，音麗lē（ㄌㄝ7）」，不讀五調。

　　廈門音新字典「lê」條：「lê＝lē；就是芟割，削細細的樹枝」，「lē」條：「哮-lē-lē＝哮-lê-lê，就是出聲真像暗晡齊在哮」，可見河洛話口語「lê」、「lē」互通，「戾lē（ㄌㄝ7）」可讀五調。

0369 厚劙絓【厚螺鮭、厚戾礙】

凡物之內容多者，稱「厚」，河洛話白讀kāu（ㄍㄠ7）。

物之內容多，故累積高度、長度或深度，即稱「厚」，如厚衫、厚夢、厚面皮……。

河洛話說「厚」，常作「多」義，為狀詞，其後有接半虛實字詞者，如厚話、厚疑、厚氣、厚病、厚夢、厚恨。

其後有接動詞者，如厚開銷、厚劙絓kāu-lê-khê（ㄍㄠ7-ㄌㄝ5-ㄎㄝ5）；「厚劙絓」謂人個性多稜角，動輒得咎，難以相處。劙，割也，故傷人；絓，礙也，故難順；皆狀難以相處，不過韻書注「絓」讀平聲一調，調不合。

「厚」後接名詞者較多，接單名詞者如厚布、厚裘、厚曼蟲、厚膩膿，接雙名詞者如厚屎尿、厚沙屑、厚魚蝦、厚螺鮭；「螺」殼多硬突，「鮭khê（ㄎㄝ5）【河豚】」亦多硬刺，皆易傷人且難接近，「厚螺鮭」與「厚劙絓」同義。

亦可作「厚戾礙」，戾，乖背也，礙，阻逆也，「戾lē（ㄌㄝ7）」可讀lê（ㄌㄝ5）【見0368篇】，集韻：「礙，魚其切，音疑gî（ㄍㄧ’5）」，可轉khê（ㄎㄝ5）。

143

0370 哮螺螺、哮黎黎【哮嘷嘷、哮啼啼】

　　螺，蚌屬，凡軟體動物腹足類，體外具螺旋殼者，其殼可製杯器或樂器，其中法螺、貝螺即屬樂器，後人遂以「螺」名發音之器，尤有甚者，船之鳴笛稱「船螺」，狗之長啼稱「狗螺」，說「大叫不停」為háu-lê-lê（ㄏㄠ2-ㄌㄝ5-ㄌㄝ5），便作「哮螺螺」。

　　不過也有作「哮黎黎」，禮大學：「以保我子孫黎民」，注：「黎，眾也」，黎黎即多，「哮黎黎」即哮之多也，亦即大哮。

　　其實宜作「哮嘷嘷」。一切經音義二：「哮，古文嘷同」，「哮嘷」為同義複詞，說文：「嘷，号也」，西廂記草橋店夢鶯鶯雜劇：「笑吟吟一處來，哭嘷嘷獨自歸」，「嘷嘷」亦成詞也，廣韻：「嘷，杜溪切，音題tê（ㄉㄝ5）」，可轉lê（ㄌㄝ5）。

　　集韻：「嘷，說文，號也，或作啼tê（ㄉㄝ5）」，故「哮嘷嘷」亦可作「哮啼啼」。

　　俗稱「船螺」可作「船嘷　（或船啼）」，「狗螺」可作「狗嘷　（或狗啼）」，如船啼聲震動港口、昨暗我聽著狗啼。

0371　頭屬屬【頭倰倰】

「頭垂垂」意指垂頭，「垂」音suê（ㄙㄨㄝ5）。

「頭低低」意指低頭，「低te（ㄅㄝ1）」口語俗讀kē（ㄍㄝ7）。

同樣表示垂頭、低頭的thâu-lê-lê（ㄊㄠ5-ㄌㄝ5-ㄌㄝ5），該如何寫？

有作「頭屬屬」，集韻：「屬，大帶垂也」，左氏桓二：「鞶屬游纓」，注：「屬，大帶之垂者」，詩小雅都人士：「彼都人士，垂帶而屬」，毛傳：「屬，帶之垂者」，孔穎達疏：「毛以為垂帶而屬為絕句之辭，則屬是垂帶之貌，故以屬為帶之垂者」，

可知「屬」為帶垂貌，或借以狀頭垂之貌，然「屬」作禮服大帶垂義時，與裂通，韻會注「力薛切，音列liat（ㄌㄧㄚ ㄅ8）」。

thâu-lê-lê（ㄊㄠ5-ㄌㄝ5-ㄌㄝ5）宜作「頭倰倰」，集韻：「儷，垂貌，或作倰」，論衡骨相：「倰倰若喪家之狗」，鄭仲涵墓誌銘：「從弟澧與妻早夭，三女倰倰然無依」，履園叢話：「觀汝形容，倰然一寒士，勢不能枵腹往返」。

由上觀之，「倰倰」多用於頭部與身軀，「頭倰倰」寫法優於「頭屬屬」。

0372 一掠、一尺、一拆【一鬲、一扐】

沒道具而想測長度,大概得利用身體器官,最常用的是目測,但準確度差,其次是步測,一跬一步,用腳步去數,有時量線繩等長物,將線繩繞在手肘上算圈數,也是方法,較精密的,大概就是用手指來測。

手掌展開,大拇指指尖到中指指尖的距離,河洛話稱tsit-liàh(ㄐㄧㄅ8-ㄌㄧㄚㄏ8),俗訛作「一掠」。

有作「一尺」,埤雅:「今人布指求尺,一縮一伸,如蠖一步,謂之尺蠖」,義合,但廣韻:「尺,昌石切」,讀tshik(ㄘㄧㄍ4)、tshioh(ㄑㄧㄛㄏ4),音不合。

有作「一鬲」,釋文:「鬲lik(ㄌㄧㄍ8),本亦作搹」,疏:「鬲是搤物之稱,故據中人一搤而言,大者據大拇指與大巨指搤之」,這以指搤物,正是。

或可作「一扐 【「扐」讀lik(ㄌㄧㄍ8)】」,說文扐段注:「箋曰兩指之間謂之扐」。

或可作「一拆」,王實甫西廂記:「繡鞋兒剛半拆」,王季思校注:「拆謂大拇指與二指伸張時之距離,今徐海間語尚如此」,但「拆」讀四調入聲,調稍不合。

146

0373 抓狂【俄狂、若狂、牙狂】

「抓狂」是臺灣國語，直接源自河洛話liàh-kông（ㄉㄧㄚㄏ8-ㄍㄛㄥ5），指發狂，但「抓」从扌爪聲，音jiàu（ㄐㄧㄠ3），音不合，且義亦不可行。

有作「俄狂」，「俄」為「我」之增意字，而「我」从扌戈，舉戈也，河洛話俗稱「舉起」為「俄giâ（ㄍㄧㄚ5）」，如俄手、俄鋤頭，「俄狂」即升舉狂怒之氣，即發狂，雖「俄」字五調，置前變七調，但口語有如是說者。

有作「若狂」，即有若瘋狂，佛經中「般若」的「若」音jiàt（ㄐㄧㄚㄉ8），集韻：「若，日灼切，音弱jiók（ㄐㄧㄛㄍ8）」，可音轉liàh（ㄉㄧㄚㄏ8）。

亦可作「牙狂【或作「芽狂」】」，淮南子俶真訓：「所謂有始者，繁憤未發，萌兆牙櫱，未有形埒垠堮」，蘇軾詩：「牽牛獨何畏，曲詰自牙櫱」，櫱，伐木所餘復生之枝條，牙，萌發也，「牙狂」即發狂。

「牙」俗讀五調gâ（ㄍㄚ5），置前變七調；韻會：「牙，五駕切，音訝gā（ㄍㄚ7）」，讀成七調，置前與八調置前一樣，皆讀三調，與口語音同。

0374

掠龍【捋擰】

　　以前有一種兼備休閒與養生的行業叫massage，十分盛行，至今仍有所聞，massage其實就是「按摩」，中文音譯為「馬殺雞」，河洛話稱之為「掠龍liảh-lîng（ㄌㄧㄚㄏ8-ㄌㄧㄥ5）」，乍看之下，說不定有人會問：為什麼不稱「掠蛇」、「掠羊」、「掠狗」，偏偏稱「掠龍」？

　　有人自作聰明，說按摩的重點在「龍骨」，因此按摩的河洛話便說成「掠龍」，意思是掠龍骨，這說法似乎不通。

　　其實，按摩的動作不外推、捋、擰、捏，籠統的說，就是又捋又擰，簡言之，即為「捋擰」，「捋」從扌爪寸，抓也，取也，可讀liảh（ㄌㄧㄚㄏ8）、laùh（ㄌㄨㄚㄏ8），水經河水注：「小夫人即以兩手捋乳」，捋，擠取也；紅樓夢第八回：「寶釵也忍不住，笑著把黛玉腮上一擰」，擰，輕力扭轉也，音lîng（ㄌㄧㄥ5）。

　　將按摩的河洛話寫做「捋擰」，要比「掠龍」來得貼切，而且也不會令人誤會，以為抓到一尾活龍。

掠漏【料漏】

0375

俗話說：「做醫生的驚治嗽，做土水的驚『掠漏liàh-làu（ㄌ一ㄚㄏ8-ㄌㄠ7）』」「驚」即害怕，「治嗽」即治療咳嗽，「掠漏」即處理漏水，兩者皆為麻煩事，極難處理，連專業醫生、泥水匠都感到害怕。

處理漏水寫做「掠漏」，並不妥適，「掠」作奪取、拂過、捶擊義，都與「處理」無關，「掠漏」宜作「料漏」。

文選左思蜀都賦：「神農是嘗，盧跗是料」，料，查也；廣雅釋詁二：「料，理也」，三國志蜀志龐統傳：「當與卿共料四海之士」，料，處理也。

房屋漏水，做土水的【泥水匠】得先「查明」漏水原因，再「處理」如何防漏，此即「料漏」，「料」本讀liāu（ㄌ一ㄠ7），音轉liàh（ㄌ一ㄚㄏ8）【其實liāu（ㄌ一ㄠ7）與liàh（ㄌ一ㄚㄏ8）置前皆變三調，口語音一樣】，作「料漏」音義皆合，要比「掠漏」適當。

「料準他會來」、「料價數料過頭」、「料過碼」等「料」字，作猜想義，俗也都讀liàh（ㄌ一ㄚㄏ8）。

0376　勉力【敏捷】

　　做事勤快者，往往動作俐落，以是故，勤快、俐落便歸為同一指陳，河洛話即說mé-liȧh（ㄇㄝ2-ㄌㄧㄚㄏ8），有作「勉力」，如腳手勉力、動作勉力。

　　小爾雅廣詁：「勉，力也」，可見「勉力」乃同義複詞，作努力、盡力解，引伸作勤快、俐落義。廣韻：「勉，亡辨切，音免bián（ㄅ'ㄧㄢ2）」，若末尾鼻音轉置前頭成全鼻音，則讀成mí（ㄇㄧ2）或mé（ㄇㄝ2），「力lȧt（ㄌㄚㄅ8）」則可音轉liȧh（ㄌㄧㄚㄏ8）。

　　mé-liȧh（ㄇㄝ2-ㄌㄧㄚㄏ8）亦可作「敏捷」，「敏bín（ㄅ'ㄧㄣ2）」末尾鼻音若轉置前頭成全鼻音，亦讀成mí（ㄇㄧ2）、mé（ㄇㄝ2），與「勉」之音轉道理相同，廣韻：「捷，疾葉切」，因「葉」俗白讀iȧh（ㄧㄚㄏ8），故「捷」俗白讀tsiȧh（ㄐㄧㄚㄏ8），音轉liȧh（ㄌㄧㄚㄏ8），如捷先、捷勁、猭捷。

　　河洛話同詞異讀乃常見之事，「敏捷」文讀bín-tsiȧt（ㄅ'ㄧㄣ2-ㄐㄧㄚㄅ8），白讀mé-liȧh（ㄇㄝ2-ㄌㄧㄚㄏ8）。

0377　抓包【揭包】

　　北京話新語彙「抓包」是一個標準的臺灣國語語詞，它源自河洛話liảh-pau（ㄌㄧㄚㄏ8-ㄅㄠ1），意思是「戳破虛假言行」，與「揭穿」、「拆穿」差不多。

　　臺灣漢語辭典：「追究其錯誤曰liảh-pau（ㄌㄧㄚㄏ8-ㄅㄠ1），相當於彈駁、戾駁」，彈，糾劾也，韻書注讀tân（ㄉㄢ5）、tān（ㄉㄢ7），讀平聲、去聲；戾，破也，韻書注讀lē（ㄌㄝ7）、liảt（ㄌㄧㄚㄉ8），讀去聲、入聲；駁，論難斥正也，韻書注讀pok（ㄅㄛㄍ4），讀入聲；作「彈駁」、「戾駁」義可行，但音調不合。

　　liảh-pau（ㄌㄧㄚㄏ8-ㄅㄠ1）其實可作「揭包」，其詞構與「揭穿」、「揭蓋」、「揭底」相同。揭穿，揭而穿之，使穿幫也；揭蓋，揭開其覆蓋，使現形也；揭底，揭開其底細，亦使現形也；揭包，揭開其包覆，亦使現形也；「揭包」、「揭穿」、「揭蓋」、「揭底」可視為等義詞。

　　廣韻：「揭，其謁切，音碣kiảt（ㄍㄧㄚㄉ8）」，俗亦讀giảh（ㄍ'ㄧㄚㄏ8），如揭手、揭腳、揭旗起義，在此「揭包」的「揭」口語音轉liảh（ㄌㄧㄚㄏ8）。

0378 篾鍸【篗鍸、晾鍸、箬鍸】

時至今日，一些早期器物已經少見，甚至只知其名稱，不知其形狀。

例如籃kám（ㄍㄚㄇ2），為竹器圓而大者，可盛可覆，以籃盛雜貨販售的商店稱「籃仔店」，罩蓋桌上食物者稱「桌籃」。

大的籃稱鍸ô（ㆦ5），集韻：「鍸，黍稷器，夏曰鍸，商曰璉，周曰盦簋」，民間亦與籃連稱為「籃鍸」。

有大型竹器，用以曬食物者，稱栲栳ka-liáh（ㄍㄚ1-ㄌㄧㄚ ㄏ8），正字通：「栲栳，盛物器，即古之篗」，或略稱篗，但韻書注「栳」、「篗」不讀入聲。「栲栳」或應作「筐簏」，楚辭劉向九歎怨思：「弄雞駭於筐簏」，注：「筐簏，竹器也」。

「筐簏」亦稱liáh-ô（ㄌㄧㄚ8-ㆦ5），若以筐簏、籃鍸之構詞方式【由兩名詞組成】，宜作簏鍸、箬鍸，而非篗鍸。

以材質名作「箬鍸 【箬jiáh（ㄐㄧㄚㄏ8），音轉liáh（ㄌㄧㄚㄏ8），竹皮也】」，以功能名則作「晾鍸 【晾liāng（ㄌㄧㄤ7），曬也，與八調字置前一樣，皆讀三調】」。

152

0379

掠魚【獵魚】

河洛話說到liáh（ㄌㄧㄚㄏ8），一般都寫成「掠」，例如「捕魚」寫做「掠魚」，「捕蛇」寫做「掠蛇」，「抓蚊子」寫做「掠蠓」，「按摩」寫做「掠龍」。

按「掠liáh（ㄌㄧㄚㄏ8）」，奪取也，拂過也，說文新附：「掠，奪取也」，增韻：「掠，拂過也」，將「抓人」寫做「掠人」，因有強將奪取義，倒有幾分道理，將「抓蚊子」寫做「掠蠓」，因有用手拂過義，也有幾分理，但將「捕魚」寫做「掠魚」，就顯得牽強。

魚獵時代大概是人類最早經歷的原始生活，這是適者生存，不適者淘汰的嚴酷叢林法則時期，「打獵」乃人類求生存的重要工作。

在那個時期，獵魚、獵羊、獵牛、獵山豬……等都極常見，而「獵」字不正好讀做liáh（ㄌㄧㄚㄏ8）？廣韻：「獵，良涉切」，即可讀liáh（ㄌㄧㄚㄏ8），俗亦讀做láh（ㄌㄚㄏ8）。

獵魚、獵羊、獵牛、獵山豬，要比掠魚、掠羊、掠牛、掠山豬寫法來得合宜。

0380

斂肚 【縑肚】

　　台灣話大詞典：「縑肚，獸魚類的腹壁之肉」，字源：「縑肚，腹部兩邊，腓肋」，廣韻：「縑，腰左右虛肉處」，集韻：「縑，馬腹旁」，集韻：「縑，牛馬肋後胯前」，臺灣漢語辭典：「縑肚肉，獸屠體之腰左右兩旁之肉」，說法皆一致，相關詞如軟縑、縑肚、縑肚尾、縑肚肉。

　　廣韻：「縑，苦簟切，琰上聲」，音khiám（ㄎㄧㄚㄇ2），白讀liám（ㄌㄧㄚㄇ2），廣韻：「肚，徒古切，麌上聲」，讀tó͘（ㄉㄛ2），「縑肚」口語音讀做liám-tó͘（ㄌㄧㄚㄇ2-ㄉㄛ2）。

　　福惠全書選獸醫：「耳抬頭低，毛焦縑弔」，「縑弔」指牛馬肋後胯前處不鬆垂，下凹或內縮，即腰左右「虛」肉處。

　　或因此，有作「斂肚」，斂即緊縮，「斂肚」即收縮腹肚，屬動詞，若作狀詞，用來狀腹肚緊縮的樣子，與俗說的「膦肚làm（ㄌㄚㄇ3-ㄉㄛ7）」 【即凸肚】 相對，故名詞liám-tó͘（ㄌㄧㄚㄇ2-ㄉㄛ2）宜作「縑肚」，不宜作「斂肚」。

0381

一捻【一兼】

中國文字是很有意思的。

例如「束」，从口木，口象繞合，繞合木即成「束」，故「束sok（ㄙㆦㄍ4）」可作量詞，如一束花。

例如「雙」，从又从二隹，「又」即手，「隹」即短尾鳥，象一手抓住二鳥，與「隻」字相較，「隻」象一手抓一鳥，兩者亦皆量詞，如一雙手、一隻豬。

例如「兼」，从彐从二禾，「彐」亦手也，「禾」指穀類植物，象一手持二禾，與「秉」字相較，「秉」象一手持一禾。

「兼」、「秉」與「束」、「雙」、「隻」一樣，可作量詞，如一秉菜、一兼草。「一秉tsit-pé（ㄐㄧㄅ8-ㄅㆤ2）」即一把【秉、柄、把互通】，「一兼tsit-liām（ㄐㄧㄅ8-ㄌㄧㄚㆬ7）」亦一把也，今河洛話仍用。

俗將「一兼」作「一捻」，不妥。捻liám（ㄌㄧㄚㆬ2），以指取物也，與拈同，「一捻」之量極微，與「一兼」不同。

0382 車輪軋著【車輾軌著】

北京話「車輪輾到」，河洛話說tshia-lián-kauh-tiòh（ㄑㄧㄚ1-ㄌㄧㄢ2-ㄍㄠㄏ4-ㄉㄧㄜㄏ8）【口語音尾字輕讀，第三字不變調】，俗作「車輪軋著」，義合，但音不合。

集韻：「輪，龍春切，音倫lûn（ㄌㄨㄣ5）」，平聲，音與調皆不合。

集韻：「軋，乙黠切」，讀iat（ㄧㄚㄉ4），調合，但音不合。

lián（ㄌㄧㄢ2）為名詞，宜作「輾」，「輾」可作名詞，如石輾、水輾【輾穀器】，「輾」的形狀功用都類似「輪」，故河洛話稱「車輪」為「車輾」。

「輾」亦作動詞，轢也，軋也，為車或車輪的動詞狀態字，即河洛話說的kauh（ㄍㄠㄏ4），但kauh（ㄍㄠㄏ4）不宜作「輾」、「轢」、「軋」，因為音不合，kauh（ㄍㄠㄏ4）宜作「軌」。

「軌」作名詞時讀kuí（ㄍㄨㄧ2），車轍也。作動詞時讀kauh（ㄍㄠㄏ4）【「軌」從車九聲，音如九，可讀kauh（ㄍㄠㄏ4）】，車子移動時，因輾軌而生跡，故稱「軌跡」；因輾軌而留痕，故稱「軌痕」，因輾軌而成道，故稱「軌道」。

0383 撿纂【斂賺】

　　河洛話說搾取或以不正當之手段取得，稱為lián-tsuān（ㄌㄧ
ㄢ2-ㄗㄨㄢ7），臺灣語典卷四：「撿纂，猶搾取也。說文：撿，
執也。廣韻：以手撿物也。爾雅：纂，取也……」，依連氏之
說，「撿纂」應作執取解，但並無搾取義。

　　「撿纂」宜作「斂賺」，說文：「斂，收也」，爾雅釋詁：
「斂，聚也」，又曰：「斂，取也」，周禮夏官繕人：「既射則
斂之」，注：「斂，藏之也」，故「斂」作收取、聚藏義，讀做
liám（ㄌㄧㄚㄇ2），音轉lián（ㄌㄧㄢ2）。

　　廣韻：「關西以逐物為趁」，「趁」音thàn（ㄊㄢ3），如
追逐飲食曰趁食thàn-tsiáh（ㄊㄢ3-ㄐㄧㄚㄏ8），追逐金錢曰趁錢
thàn-tsîⁿ（ㄊㄢ3-ㄐㄧ5鼻音），「趁」與「賺」義近卻有別，以正
當手段取得曰「趁」，以不當手段取得曰「賺」，集韻：「賺，
一曰市物失實」，亦即高價失實而賣，正字通：「俗謂相欺誑
曰賺」，摭言：「時人語曰：太宗皇帝真長冊，賺得英雄盡白
頭」，「賺」即誑騙、欺詐，則「斂賺」即以欺詐之手段取得，
亦即詐取，「賺」白讀tsuān（ㄗㄨㄢ7）。

0384　連徊、憐徊【邅回、邅廻】

　　譏刺飄零困頓者，河洛話說liân-huê（ㄌㄧㄢ5-ㄏㄨㄝ5），這是相當古老的說法。

　　有將liân-huê（ㄌㄧㄢ5-ㄏㄨㄝ5）寫做「連徊」，取「流連徘徊」義，屬省略字詞手法，「徘徊」省作「徊」倒可以，「流連」省作「連」則嫌勉強，在此「連」作接連不斷義，「連徊」即接連不斷的徘徊，喻飄零困頓。

　　有作「憐徊」，取「可憐四處徘徊」義，語詞因用情緒字「憐」，另有一番趣味。

　　「連徊」、「憐徊」皆非成詞，未見諸典籍，若言見諸典籍者如「邅回」、「邅廻」【或作邅徊、邅迴】，南史張充傳：「獨師懷抱，不見許於俗人，孤修神崖，每邅回於在世」，蘇軾次前韻寄子由：「我少即多難，邅回一生中」，張鳳翼紅拂記棋決雌雄：「摧折，侵地無方，攻城記屈，邅迴轉覺難發」，劉禹錫洛中謝福建陳判官見贈詩：「潦倒聲名擁腫材，一生多故苦邅廻」，敦煌變文集：「只為無明相繫縛，邅廻不遇出年頭」，「邅回」、「邅廻」即困頓不順利。廣韻：「邅，張連切」，讀tian（ㄉㄧㄢ1），音轉lian（ㄌㄧㄢ1），置前與五調置前一樣，皆讀七調。

0385 上卌繪斂【上卌繪攝】

河洛話稱「十」為tsȧp（ㄗㄚㄅ8），「廿」為liȧp（ㄌㄧㄚ
ㄅ8），「卅」為sām（ㄙㄚㄇ7），「卌【即四十】」為siap（ㄒㄧ
ㄚ4）。

人一到四十歲，往往被說「存（伸）一支嘴」，意思是「光
說不練」，這有時和身體機能的老化有關，人一到中年，力不從
心的挫折感與日俱增，所以便「存一支嘴」，嘴巴說說就算了。

有關中年人的身體，還有一句「上卌繪攝tsiūⁿ-siap-bē-liap
（ㄐㄧㄨ7鼻音-ㄒㄧㄚㄅ4-ㄅ'ㄝ7-ㄌㄧㄚㄅ4）」，意思是「人到
了四十歲，身體機能開始衰退，連收斂括約肌的力量也大不如
前」。

史記酈生陸賈傳：「起攝衣」，正義：「攝，猶言斂著
也」，莊子胠篋：「則必攝緘縢」，釋文：「攝，崔云，收
也」，「攝」音liap（ㄌㄧㄚㄅ4），作收斂解，寫做「上卌繪
攝」並無不妥。

俗有作「上卌繪斂」，斂liám（ㄌㄧㄚㄇ2），收斂也，義
合，但調不合。

0386 連鞭、連忙【連暝、瞜瞷】

「馬上」的河洛話說成liân-mî（ㄌㄧㄢ5-ㄇㄧ5）【前字或讀liâm（ㄌㄧㄚㄇ5）】，怎麼寫？

臺灣語典作「連鞭」，用的是「快馬連鞭」的典，以連鞭策馬，快速趕路，來表示事態緊急或動作快速，典雅而又傳神。

臺灣漢語辭典作「連忙」，採通俗、平易的寫法，讀起來親切、簡明，又能達意，亦不失為好寫法。

或可作「連暝」，暝，夜也，「連暝」即「連夜」，以「連夜不懈」來表示緊急、立即之義，與「連鞭」有異曲同工之妙。

亦可作「瞜瞷liap-nih（ㄌㄧㄚㄅ4-ㄋㄧㄏ4）」，集韻：「瞜，目動貌」，說文：「瞷，目動也」，「瞜」和「瞷」皆眼部動作，即「眨眼」，「瞜瞷」與「轉瞬間」、「眨眼間」類近，比喻時間短暫，引申作「馬上」、「立即」義，其讀音liap-nih（ㄌㄧㄚㄅ4-ㄋㄧㄏ4）與liân-mî（ㄌㄧㄢ5-ㄇㄧ5）相仿。

「我連鞭去」、「我連忙去」、「我連暝去」、「我瞜瞷去」，四句話是互通的。

0387　攝襉【襵襉】

　　服裝設計者或製造者有時會讓衣物布料摺皺成形，以增加美觀或質感，河洛話稱此為liap-kíng（ㄌㄧㄚㆴ4-ㄍㄧㄥ2），俗有作「攝襉」，今舉凡衣、褲、裙、帽，甚至鞋子、手套、背包、手提袋等物，皆時常看見。

　　按「攝」字字義繁複，可作引持、吸引、執、引入、辟、持、固、摳、收斂、整頓、佐……等解，集韻：「攝，曲折也」，音「質涉切」，讀tsiap（ㄐㄧㄚㆴ4），不過俗多讀liap（ㄌㄧㄚㆴ4），故將衣物之摺皺寫做「攝襉」，音義皆可行。

　　「攝襉」寫做「襵襉」似乎更佳，廣韻：「襵，襞也」，集韻：「襵，謂衣襞積」，梁簡文帝採桑樂府：「熨斗成裙襵」，故「襵」作衣襞積、衣摺疊解，正是「摺皺」之義，集韻注：「襵，質涉切」，音與攝同，口語亦讀liap（ㄌㄧㄚㆴ4）。

　　「襉」或作「襇」、「裥」，集韻：「襉，裙幅相襵」，集韻：「襉，賈限切，音簡kán（ㄍㄢ1）」，口語音轉kíng（ㄍㄧㄥ2）【與龍眼的「眼gán（ㄍˊㄢ2）」口語音轉gíng（ㄍˊㄧㄥ2）情況一樣】，如襞襉裙【即百褶裙，俗多做「百襉裙」，「襞」讀pah（ㄅㄚㆷ4）】。

0388 抄無貓仔毛【抄無寮仔門】

　　兒時常聽父執輩們說「抄無貓仔毛sa-bô-niau-á-mñg（ㄙㄚ1-ㄅ'ㄛ5-ㄋㄧㄠ1-ㄚ2-ㄇㄥ5）」，雖知意指「摸不著頭緒」、「找不到門路」，心中卻不免疑問：摸不著頭緒或找不到門路，和抓不著貓的毛有何關係？

　　原來父執輩們說錯音，把「寮仔門liâu-á-mñg（ㄌㄧㄠ5-ㄚ2-ㄇㄥ5）」說成「貓仔毛niau-á-mñg（ㄋㄧㄠ1-ㄚ2-ㄇㄥ5）」，音近似，義迥異，終致顯得荒謬不通。

　　寮，屋之小者也，如僧寮、茶寮、倡寮，前期人多以茅草為之，故稱草寮，記得兒時鄉下田間或溪埔野地常設草寮，或存放工具器械，或供做守備休憩，多無照明設備【早期無電，多靠臭油燈照明，草寮易燃，十分危險，故無照明設備】，夜裡得小心摸索門戶，始得出入其間。

　　「寮仔門」乃出入「寮屋」之唯一門道，河洛話說「抄無寮仔門」，表示「找不著門路」，後引伸作「摸不到頭緒」義。

　　「抄」可讀sa（ㄙㄚ1），沙、砂、莎、紗等字可證，作抓義，亦可寫做「搜」。

0389 溫柔【爰留】

先有字後有詞，此乃字詞發展的鐵律，無庸置疑，如先有字「長」、「久」，才有詞「長長」、「久久」、「長久」、「久長」，甚至較長的詞「長長久久」、「久久長長」。

河洛話有說「緩慢」為ûn（ㄨㄣ5）、liâu（ㄌㄧㄠ5），與前述「長久」的字詞發展道理相同，後來疊字成詞作ûn-ûn（ㄨㄣ5-ㄨㄣ5）、liâu-liâu（ㄌㄧㄠ5-ㄌㄧㄠ5），或結合成同義複詞ûn-liâu（ㄨㄣ5-ㄌㄧㄠ5），有作「溫柔」。

若ûn-liâu（ㄨㄣ5-ㄌㄧㄠ5）可作「溫柔」，應與「溫」、「柔」、「溫溫」、「柔柔」同義，按「溫」字或有緩慢義，如溫吞，不過「溫」讀一調，不讀五調，調有出入，「柔」字則不作緩慢義，以「柔」、「柔柔」表示緩慢，欠妥。

ûn-liâu（ㄨㄣ5-ㄌㄧㄠ5）宜作「爰留」，爾雅釋訓：「爰爰，緩也」，韻會：「爰，音袁uân（ㄨㄢ5）」，可轉ûn（ㄨㄣ5）。國語吳語：「一日惕，一日留」，注：「惕，疾也；留，徐也」，廣韻：「留，音劉lâu（ㄌㄠ5）」，可轉liâu（ㄌㄧㄠ5）。

故「爰」、「留」、「爰爰」、「留留」、「爰留」其義一也，皆作緩慢義。

0390 椅繚【椅條】

　　廣韻：「條，徒聊切，音迢tiâu（ㄉㄧㄠ5）」，指什物之細長者，如布條、紙條、枝條、鐵條、銅條……，亦作單位詞，如一條、千條、萬條……。

　　或因如此，當俗將長條狀椅子寫做「椅條í-liâu（ㄧ2-ㄉㄧㄠ5）」時，「條tiâu（ㄉㄧㄠ5）」卻讀成liâu（ㄉㄧㄠ5），似乎不妥，於是有人將之改作「椅繚」。

　　「繚」音liâu（ㄉㄧㄠ5），作纏、繞、紾、理、縛束解，屬動詞字，作名詞時有「繚綾」、「繚縣」，論者於是引伸「纏繞」而有「長條」義，甚至說「繚」可作動詞「鋸斷」義，故有將木材「繚作長繚形」之說，真是腳趾頭動得厲害【按：以刀拖切應作「劉liô（ㄉㄧㄛ5）」，亦讀liâu（ㄉㄧㄠ5），前述宜作「劉作長條形」】。

　　「條」可讀liâu（ㄉㄧㄠ5），與tiâu（ㄉㄧㄠ5）僅一音之轉，且聲母在同一發音部位，屬合理範圍，實不須勉強改作「椅繚」。

　　豬圈俗稱「豬寮ti-tiâu（ㄉㄧ1-ㄉㄧㄠ5）」，「寮liâu（ㄉㄧㄠ5）」反被讀成tiâu（ㄉㄧㄠ5），和「條tiâu（ㄉㄧㄠ5）」被讀成liâu（ㄉㄧㄠ5），其實道理相同。

0391　潦過溪【瀏過溪】

「劉」今多讀lâu（ㄌㄠ5），是一個姓，如劉邦、劉備。

早初造字，「劉」从刀，作以刀殺之、傷之義，方言一：「秦晉宋魏之閒，謂殺為劉，晉之北鄙亦謂劉」，書盤庚上：「重我民無盡劉」，詩周頌武：「勝殷遏劉」，左氏成十三：「虔劉我邊陲」，劉，殺也，傷也。

河洛話亦讀「劉」為liô（ㄌㄧㄛ5），作以刀縱劃或橫劃物面義，如劉一刀、用刀仔劉；或讀做liâu（ㄌㄧㄠ5），指刀所切成之條狀物，如一劉豬肉。

延續「劉」的概念，「瀏liâu（ㄌㄧㄠ5）」从水劉，劉亦聲，意即橫涉或縱涉水面【如刀之縱劃或橫劃物面】，今河洛話仍多見使用，如瀏過溪、瀏落去。

說文水部：「瀏，流清也」，段玉裁注：「鄭風曰：溱與洧，瀏其清也。毛曰：瀏，深貌。謂深而清也」，言流清故可見底，不可見底者深，不可涉渡，可見底者淺，可涉渡，此即所謂「瀏其清」。

俗有作「潦」，「潦」乃雨水大貌、積水，無關涉渡。

0392　　勒日【匿日】

　　「做旬」乃治喪大事，七天一次，前後七次，又稱「做七」，因次數多，時間長，喪家往往將時間縮短，稱lik-jit（ㄌㄧㄍ4-ㄐㄧˊ-ㄅ8），俗作「勒日」。

　　「勒」字作馬頭絡銜、馬轡、約束、勞、統御、翅、壓抑、弈棋之手法、光之亮度單位、姓等解釋，或因「勒」字為馬頭絡銜、馬轡，騎者可勒馬止前，有約束、壓抑之義，引伸作縮短減省義，故稱縮短時日為「勒日」，義可行，但廣韻：「勒，盧則切」，讀lik（ㄌㄧㄍ8），調有出入。

　　「勒日」宜作「匿日」，廣雅釋詁三：「側匿，縮也」，釋詁四亦曰：「匿，隱也」，曰：「匿，藏也」，可見「匿」字有縮短、隱藏之義，三國志魏志司馬朗傳：「十二試經為童子郎，監試者以其身體壯大，疑朗匿年」，「匿年」即隱藏縮減年齡，「匿日」則有異曲同工之效，謂隱藏縮減日期，按「匿」冠於半虛實字之前，如匿名、匿怨、匿迹、匿情、匿罪……，作隱藏義，冠於時間詞之前，可作縮短簡省義，廣韻：「匿，女力切」，讀lik（ㄌㄧㄍ4），音義皆合。

0393　碌死【瀝死】

　　現今「過勞死」之說雖新，詞義卻不新，它相當北京話的「累死」，河洛話的「碌死lik-sí（ㄌㄧㄍ8-ㄒㄧ2）」。

　　「碌死」，即勞碌而死，俗謂人事繁雜曰忙碌，辛勤曰勞碌，所謂碌碌波波即忙碌奔波，碌，忙碌也，廣韻：「碌，力玉切」，讀lók（ㄌㄛㄍ8）、lik（ㄌㄧㄍ8），「碌死」雖非成詞，寫法應屬合宜。

　　亦可作「瀝死」，廣韻：「瀝，郎擊切」，讀lik（ㄌㄧㄍ8），正字通：「今俗謂水將盡餘滴曰瀝」，亦即滴之使乾，毫無剩餘，與過勞死之精疲力竭雷同，羅隱謝全郎中啟：「雖瀝膽隳肝，竟將誰訴，而煎皮熬髮，終不自醫」，沈炯為陳霸先與王僧辯文：「身當將帥之任，而不能瀝膽抽腸，共誅奸逆，則不可稟靈含識，戴天履地」，崔融皇太子請起居表：「瀝膽陳祈，焦心觀謁」，唐寅與文徵明書：「瀝膽濯肝，明何嘗負朋友，幽何嘗畏鬼神」，黃滔啟裴侍郎：「霑巾墮睫，瀝膽披肝，不在他門，誓於死節」，俗亦言辛苦工作為「瀝腸瀝肚」，故作「瀝死」亦屬合宜。

0394 斂斂【凜凜】

河洛話稱「接近」，有說成lím（ㄌㄧㄇ2），廈門音新字典作「僅」，如僅五百、五百僅僅、僅崖，詞義明顯不合。

有作「斂」，史記趙世家：「地去沙丘鉅鹿，斂三百里」，注：「斂，減也」，亦即約、略【動詞，即減少】，故斂五百、五百斂斂、斂崖，詞義亦不合。

有作「臨」，「臨」即鄰，有接近義，臨五百、五百臨臨、臨崖，詞義可通，但「臨」讀lîm（ㄌㄧㄇ5）、līm（ㄌㄧㄇ7），不讀二調，調不合。

lím（ㄌㄧㄇ2）應作「凜」，字右「稟」即穀倉，引伸充滿、旺盛，故具有充滿感的旺盛寒意稱「凜」。

「凜」因具充滿、旺盛義，亦引伸作「接近」義，河洛話即如此用。

張九齡詩：「楚客凜秋時，桓公舊台上」，岑參詩：「冰片高堆金錯盤，滿堂凜凜五月寒」，蘇軾詩：「吾年凜凜今幾餘」，以上「凜凜」以河洛話讀之，即「接近」。故凜五百、五百凜凜、凜崖，音義皆通。

0395 恁【您】

　　第二人稱，單數稱「lí（ㄌ一2）」，寫做「你」、「汝」、「女」、「爾」、「而」、「若」、「乃」，多數則稱lín（ㄌ一ㄣ2），寫做「恁」、「爾」，所有格亦稱lín（ㄌ一ㄣ2），寫做「令」、「而」、「乃」、「恁」、「爾」，很多人一定感到頭痛，怎麼如此麻煩？

　　中文大辭典：「恁，與您同」，大概因為北京話將「您」作「你」的敬稱，河洛話書寫「你」的多數格時，便避開「您lín（ㄌ一ㄣ2）」，故意寫成「恁」。

　　其實「您」有三種用法，一是作「你」的敬稱；一是等同「你」字，西廂記諸宮調：「我眼巴巴的盼今宵，還二更左右不來到，您且聽著：隄防牆上杏花搖」，朱庭玉行香子痴迷套曲：「近來憔悴都因您，可是相思況味深」，中原音韻：「你與您同義」；一是指「你們」，白樸梧桐雨第三折：「楊國忠已殺了，您眾軍不進，卻為甚的？」新編五代史平話梁史上：「是夜月光皎潔，撞著一陣軍馬，約三百餘人，將朱溫四人喝住，問道：您是誰人？要從哪裡去？」

　　將lín（ㄌ一ㄣ2）寫成「您」，似乎比「恁」更通俗、親切，更可行。

0396 護龍【戶庭】

　　傳統建築四合院、三合院的左右廂房俗稱「護龍hō-lîng（ㄏ
ㄛ7-ㄌㄧㄥ5）」，這寫法十分普遍，現在連國中小學教科書與一
些相關鄉土教材，也都如此書寫。就字面看，「護龍」乃將主屋
伸出之左右廂房【河洛話亦說「伸手tshun-tshiú（ㄘㄨㄣ1-ㄑㄧㄨ2）」】看作
「龍」一般，足以保護家園，然此似乎是臆測之說，毫無根據。

　　「護龍」應作「戶庭」，本指門庭，即戶中庭院，後泛指
家門以內，易經：「初九，不出戶庭，無咎」，郭璞方言序：
「故可不出戶庭，而坐照四表」，潛夫論：「景君明經年不出
戶庭」，抱朴子外篇勖學：「觀萬古，如同日，知八荒，若戶
庭」，謝靈運登石門最高頂詩：「長林羅戶庭」，孫魴甘露寺
詩：「最愛僧房好，波光滿戶庭」，戶庭即指門內、左右廂房與
主屋所包圍的庭院。

　　沒左右廂房，便無法形成戶庭，因此戶庭除指門庭，也用
來指稱左右廂房，將前面易經、潛夫論、謝靈運詩、孫魴詩中的
「戶庭」作「左右廂房」解，也是說得通的，「庭tîng（ㄉㄧㄥ
5）」在此讀lîng（ㄌㄧㄥ5）。

0397　一朎、一疤【一令、一陵】

　　河洛話稱條狀腫脹傷痕曰līng（ㄌㄧㄥ7），臺灣漢語辭典作「朎」，字彙：「朎，杖痕腫處也」，玉篇：「朎，脊肉也」，指隆起之條狀肌肉，造詞如「一朎藤條朎」，廣韻：「朎，羊晉切」，讀īn（ㄧㄣ7），口語聲化加l（ㄌ），讀做līng（ㄌㄧㄥ7）。

　　高階標準臺語字典作「令」，言令乃「領」之本字，即背脊【與「說文」說法不同】，故皮膚條狀腫痕曰「令」，從「令」之文字結構另作新解，亦富理趣。

　　大抵līng（ㄌㄧㄥ7）有二義，一為腫脹，一為條痕。若單說「腫脹」，則陵、隆、壟、隴、腫等都讀ling（ㄌㄧㄥ）音，都作墳起義，應皆可用；若又要兼具「條痕」義，則陵、壟、隴可用，其中尤以「陵」字有侵欺義，名詞轉作「腫痕」並不違理，造詞如「一陵藤條陵」。

　　漢語大詞典：「疤，瘡痕」，韓愈孟郊征蜀聯句：「念齒慰慇懃，視傷悼瘢疤」，湯顯祖牡丹亭閨塾：「比似你懸了梁，損頭髮；刺了股，添疤疤」，若作「一疤藤條疤」，義合，惟韻書注「疤」讀入聲lik（ㄌㄧㄍ8），調不合。

挺、繩【寬】

0398

　　鬆，緊之反，河洛話稱līng（ㄌㄧㄥ7），臺灣漢語辭典作「挺」、「繩」，禮月令：「挺重囚」，挺，猶寬也，說文：「繩，緩也」。

　　與「鬆」義近者，如弛、寬、緩、容、敞、冗、長、閒、宏、廣，皆有大、長、寬義，引申「鬆」，除「弛」字外，音皆類近，都讀ng（ㄥ）韻，可見先人說話造字有其條理。

　　有作「亮」，音可通，然「亮」乃光之大者，與上述字義近，引申卻有與「鬆」反者，如亮話、亮察、亮節等。

　　līng（ㄌㄧㄥ7）可作「寬」，「寬」十五筆，隸書少一筆，從宀莧聲，讀如莧hīng（ㄏㄧㄥ7），讀成līng（ㄌㄧㄥ7），應屬隸書讀法。

　　衣帶漸寬終不悔、寬心、寬政、寬氣、寬猛、寬腹、寬韻、寬嚴等，「寬」皆可白讀līng（ㄌㄧㄥ7）。三國志魏志崔琰傳：「公子寬放，盤游滋侈，義聲不聞」，「寬放」作寬弛放恣解，「寬放放」即līng-hò-hò（ㄌㄧㄥ7-ㄏㄛ3-ㄏㄛ3）。

0399　撩【剹、劉】

　　「育囝歌」裡有一段歌詞：「搖啊搖，搖及三板橋，大龜軟舒舒，豬腳雙旁【亦作「雙平」】撩」，其中「撩」讀做liô（ㄌㄧ
ㄛ5），作割義，但寫法不當。

　　按「撩liâu（ㄌㄧㄠ5）」雖可音轉liô（ㄌㄧㄛ5），但「撩」作理、挑弄、扶、抉取解，屬標準手部動詞字，與手有關，如將水面的浮萍「撩liô（ㄌㄧㄛ5）」起來，作抉取解，「撩」與刀無關，寫做「豬腳雙旁撩」，不妥。

　　liô（ㄌㄧㄛ5）既然是割，重點不在手，而在刀，應屬刀部字，俗有作「劋」、「劀」、「剹」，其實三字互通，等於一個字，集韻：「劀，刀剖物，或作剹」，集韻：「劋，割也」，義可行，韻書注劋、劀、剹皆「郎丁切，音靈」，讀做lîng（ㄌㄧ
ㄥ5），與liô（ㄌㄧㄛ5）調同音近，音亦可行。

　　「劉liô（ㄌㄧㄛ5）」亦刀部字，方言一：「秦晉宋魏之間，謂殺為劉，晉之北鄙亦謂劉」，作殺、傷解，如左氏成十三：「虔劉我邊陲」，「劉」即讀liô（ㄌㄧㄛ5），做侵奪、傷害義，「豬腳雙旁剹」亦可作「豬腳雙旁劉」。

0400 量其約【略其約】

　　日常生活中，說到「大約」這個詞時，有時跟「數量」有關，例如「數量大約三萬人」，而河洛話說「大約」為liōng-kî-iok（ㄌㄧㄛㄥ7-ㄍㄧ5-ㄧㄛㄍ4），故俗多作「量其約」【或簡說「量約」】，意即「數量大約」，即「大約」，如「你量其約【或「量約」】召集三萬人上街頭」。

　　然「大約」有時與數量無關，如「我大約知道」，若作「我量其約【或「量約」】知也」，則顯得不妥。

　　其實「大約」是「略約」，而非「量約」，是「略其約」，而非「量其約」，是「你略其約【或「略約」】召集三萬人上街頭」、「我略其約【或「略約」】知也」。「略約」為同義複詞，詞構變化與「終尾」、「終其尾」一樣【「終尾」亦為同義複詞】。「略liȯk（ㄌㄧㄛㄍ8）」與「量liōng（ㄌㄧㄛㄥ7）」置前皆變三調，口語音幾乎一樣。

　　相同的，河洛話說「提早」、「早些」為liōng-tsá（ㄌㄧㄛㄥ7-ㄗㄚ2），宜作「略早」，而非「量早」，如「咱略早出門較妥當」、「功課略早寫較心安」。

兩光【俪光】

在河洛話裡頭，常聽到「兩光lióng-kong（ㄌㄧㄛㄥ2-ㄍㄛㄥ1）」的說法，例如兩光司機、兩光師父、兩光議員、人真兩光、頭殼兩光……等，「兩光」作狀詞，意思是差勁、無能。

如果有人問，何以是「兩光」？不是三光？四光？「兩」字所指為何？指的是哪「兩個」？大概很難回答。

今「兩」字大抵作數量「二」、重量「兩」解，則「兩光」大概就是「兩個都沒了」或「不足一兩」的意思。

呂覽簡選：「晉文公，造五兩之士」，注：「兩，技也」，若「兩」作技解，「兩光」則是毫無技能的意思，意即差勁、無能，故作「兩光」似乎可行。

既然如此，寫做「俪光」應更佳，集韻：「俪，伎俪，巧也」，所謂伎俪即伎能、才能、手段、技俪，「俪光」即毫無才能，意思極為明確。

從通俗、平易的立場來看，寫做「俪光」比「兩光」為佳。

0402 龍骨【梁骨】

　　脊椎骨俗稱「龍骨liông-kut（ㄌㄧㄛㄥ5-ㄍㄨㄅ4）」，也有說lîng-kut（ㄌㄧㄥ5-ㄍㄨㄅ4），因為這樣，後來大家把按摩等挬撐推捏筋骨的工作，稱之為「捉龍liàh-lîng（ㄌㄧㄚㄏ8-ㄌㄧㄥ5）【其實應作「挬撐」，見0374篇】」。

　　「龍骨」之說，來源如何，吾人並不知曉。倒是「梁骨」之說由來已久，人盡皆知。按「梁」乃屋梁，宋史張宏傳：「大者為棟梁，小者為榱桷」，可知棟梁乃屋室結構中最為主要的部分，後來引伸為能擔負重任的重要角色，如棟梁之材、棟梁之器、國之棟梁、鄉鎮之棟梁等。

　　將「棟梁」的概念運用在人或動物的骨骼結構上，脊椎骨剛好等同屋室的棟梁，故在頭骨、手骨、腳骨、屏仔骨等骨骼命名時，最最要緊的脊椎骨便稱為「梁骨liông-kut（ㄌㄧㄛㄥ5-ㄍㄨㄅ4）」，這是極易理解的。

　　舉凡動物如牛馬豬羊貓狗皆有梁骨，交通工具如汽車、機車、腳踏車也有梁骨，指的都是支撐物體最主要的結構部位，就像人的脊椎骨一樣。

0403　量剩【隆盛】

　　物因量多，供過於求，故有剩餘，河洛話說「量剩liōng-siōng（ㄌㄧㄛㄥ7-ㄒㄧㄛㄥ7）」，亦有說成liōng-sīng（ㄌㄧㄛㄥ7-ㄒㄧㄥ7）。

　　「量剩」一來指量多，二來指有剩餘，三來引伸意指粗俗、普通、便宜，如「物資量剩」、「今年蓮霧傷量剩，遂落價」、「這是量剩物，請你笑納」。

　　有作「隆盛」，成詞也，「隆」音liông（ㄌㄧㄛㄥ5），為五調字，置前變七調或三調，與口語合，「盛」與「剩」音同，音轉亦同。

　　史記梁孝王世家贊：「梁孝王雖以親愛之故，王膏腴之地，然會漢家隆盛，百姓殷富，故能植其財貨，廣宮室，車服擬於天子」，後漢書梁統傳：「武帝值中國隆盛，財力有餘，征伐遠方，軍役數興」，報孫會宗書：「憚家方隆盛，時乘朱輪者十人」，楊仲武誄：「雖舅氏隆盛，而孤貧守約」，「隆盛」即興隆繁盛。

　　前三例句「物資量剩」、「今年蓮霧傷量剩，遂落價」、「這是量剩物，請你笑納」，句中「量剩」更之以「隆盛」，亦通。

0404 末了【尾閭、尾溜】

　　莊子秋水：「北海若曰：天下之水，莫大於海，萬川歸之，不知何時止而不盈，尾閭泄之，不知何時已而不虛」，疏：「尾閭者，泄海水之所在也，在碧海之東，其處有石，闊四萬里，厚四萬里，居百川之下尾而為閭族，故曰尾閭」，因「尾閭bué-liu（ㄅˊㄨㄝ2-ㄌㄧㄨ1）」乃天下之水的最後歸宿，後引申泛指「事物最後或接近最後之階段」為尾閭，如脊柱末端三角形骨即名「尾閭骨」。

　　這是一則神話故事，或許因為「閭」與「流」、「溜」同音【三字韻書都注五調，口語音則都讀一調】，莊子乃將「尾溜【亦作「尾流」，指水流終端】」寫做「尾閭」，當做神話腳本。

　　「尾溜」亦作末流義，漢書司馬遷傳：「為漢繼五帝末流，接三代絕業」，曹之謙變白頭吟：「梧桐不獨老，鴛鴦亦雙死……，奈何及末流，不知再醮羞」，「末流」亦即末了，多用於時態與事態。

　　有將bué-liu（ㄅˊㄨㄝ2-ㄌㄧㄨ1）直接寫做「末了」，但廣韻：「了，盧鳥切」，讀liáu（ㄌㄧㄠ2），雖可轉liú（ㄌㄧㄨ2），但調不符。

0405 清氣溜溜【清潔瀏瀏】

　　河洛話tshing-khì（ㄑㄧㄥ1-ㄎㄧ3）應寫做「清潔」，不是現今俗寫的「清氣」，本文且談談其後續語liu-liu（ㄌㄧㄨ1-ㄌㄧㄨ1）。

　　今北京官話皆用「溜溜」以名「清潔」，即所謂「清潔溜溜」，一作十分乾淨，一作空空如也，河洛話依樣畫葫蘆，寫做「清氣溜溜」。

　　蘇軾和陶詩九日閒居：「鮮鮮霜菊豔，溜溜糟床聲」，袁桷壽李承旨四十韻詩：「黍田溪溜溜，花塢潤粼粼」，溜溜，水流聲也。陸游詩：「清波溜溜入新渠，鄰曲來觀樂有餘」，溜溜，水流瀉注也；以「溜溜」來形容「清潔」並不妥當。

　　「清潔溜溜」應寫做「清潔瀏瀏」，蘇軾遊寒溪西山詩：「層層草木暗西嶺，瀏瀏霜雪鳴寒溪」，劉基詩：「波光水瀏瀏」，宋濂飛泉操之二：「飛泉兮瀏劉洗耳，固非兮誰飲我牛」，劉大櫆祭左繭齋文：「君在山中，左圖右書，池水瀏瀏，映蔚芙藻」，瀏瀏，清明貌，可見用「瀏瀏」以狀「清潔」方才妥適，河洛話「清氣溜溜」應寫做「清潔瀏瀏」。

0406　扭搦【了落】

　　河洛話說拉拉扯扯為「扭扭搦搦」，或略稱「扭搦」，「扭」讀liú（ㄌㄧㄨ2）或giú（ㄍㄧㄨ2），「搦」讀lak（ㄌㄚㄍ8）。

　　河洛話說處理或控制為liú-lak（ㄌㄧㄨ2-ㄌㄚㄍ4），若寫做「扭搦」，則音與義皆不合【「搦」字讀八調，非四調，調不合】。

　　臺灣漢語辭典作「閂閣」、「籠絡」、「牢絡」、「牢籠」，義有可取處，但除「閣」讀四調，音調相符，餘「閂」、「籠」、「牢」皆不讀二調liú（ㄌㄧㄨ2），「絡」、「籠」亦不讀四調lak（ㄌㄚㄍ4），調皆不合。

　　liú-lak（ㄌㄧㄨ2-ㄌㄚㄍ4）可作「了落」，二刻拍案驚奇卷四：「此行不出一年可回，府縣且未要申文，代我回任，定行了落」，又卷十：「只因有個人家，也因內眷有些妬忌，做出一場沒了落事，幾乎中了人的機謀」，按「了落」作完結、收場解，引申作處理義，因所有人事皆須處理，始有完了或著落。

　　「了」音liáu（ㄌㄧㄠ2），音轉liú（ㄌㄧㄨ2），「落」白讀lak（ㄌㄚㄍ4）。

0407 山豬套【山豬紐】

臺灣漢語辭典：「山豬『liù（ㄌㄧㄨˋ）』」，捉山豬用之繩製圈套也，liù（ㄌㄧㄨˋ）相當於今語圈套之『套』」，此處「套」讀liù（ㄌㄧㄨˋ）屬訓讀，因「套」音thò（ㄊㄜˋ），不讀liù（ㄌㄧㄨˋ）。

「山豬套」其實可作「山豬紐」，說文：「紐，系也，一曰結而可解」，即紐子、紐結，成丸結狀，和成圈套狀的「襻」互為組合，「紐襻」遂成詞，等同今之「鈕釦」，然亦因此造成今紐、釦、襻混用的現象。

「紐liú（ㄌㄧㄨˊ）」與「襻phuàn（ㄆㄨㄢˋ）」雖互為羈絆，卻藉以竟連繫之功，二者因有羈絆之用，便用來「紐馬腳【後寫做「套馬腳」】」、「襻馬腳【後寫做「絆馬腳」】」。

因此「紐」有兩種用法，一作原來本義時，亦即指丸結狀之紐子、紐結，音liú（ㄌㄧㄨˊ），名詞如塑膠紐、布紐，動詞如紐衫仔紐；一作「襻」義時，亦即指圈套狀之布襻，音liù（ㄌㄧㄨˋ），名詞如山豬紐、索仔紐，動詞如紐山豬、紐馬腳，這是「紐」、「襻」混用造成的結果。

0408 溜溜、了了【流流】

　　廣韻、集韻、韻會、正韻注「溜」讀liū（ㄌㄧㄡ7），如江浙人謂食物入釜微煮曰溜，河洛話今仍有溜飯、溜菜之說，亦屬之；集韻注「溜」讀liû（ㄌㄧㄡ5），與流同。

　　不過「溜」口語亦讀liu（ㄌㄧㄡ1），如溜冰、滑溜溜；「溜」口語亦讀lu（ㄌㄨ1），如倒退溜、溜冰。

　　有說「溜」可讀liù（ㄌㄧㄡ3），作遊蕩義，並引中華大字典：「溜，猶遊也」以為佐證，不過liù（ㄌㄧㄡ3）作「流」更佳，一來「溜與流同」，二來「流」作蕩散、淫放、邪侈義，見諸典籍，例多證強【見0409篇】，如「他失業四界流」。

　　有說「流流liù-liù（ㄌㄧㄡ3-ㄌㄧㄡ3）」可作「了了」，誤差大矣，世說新語言語：「小時了了，大未必佳」，小時了了，謂小時聰慧，曉解事理，這裡的「了了」讀liú-liú（ㄌㄧㄡ2-ㄌㄧㄡ2），不讀liù-liù（ㄌㄧㄡ3-ㄌㄧㄡ3），河洛話「了點」、「了悟」、「了徹」、「壞了了」，「了」都讀liú（ㄌㄧㄡ2），不讀liù（ㄌㄧㄡ3）。

0409 禿鬮【流精】

　　韻書記錄字音不齊全，此眾人皆知，不但語音常不記錄，非語音亦時有遺珠現象。

　　例如「漏」，廣韻、集韻、韻會、正韻讀lāu（ㄌㄠ7），如洩漏、漏稅，正韻、字彙讀lâu（ㄌㄠ5），與「螻」通，只兩個音。但事實「漏」可讀làu（ㄌㄠ3），作大量流出義，如漏氣、漏風、漏水【見0366篇】。

　　「流」字亦同，集韻讀liû（ㄌㄧㄨ5），只一個音，如流動、流星，不過白話音讀lâu（ㄌㄠ5），如流血、流汗，雖韻書沒記錄，大家並不陌生。

　　按「流」可作「淫放」義，禮記樂記：「樂而不流」；可作「邪侈」義，荀子君子：「貴賤有等，則令行而不流」；可作「蕩散」義，管子宙合：「君失音則風律必流」；以上「流」字河洛話分明就說liù（ㄌㄧㄨ3），如他人流流、他一軀人四界流、他社會流過頭。

　　因此「流精」有二讀二義，一讀lâu-tsing（ㄌㄠ5-ㄐㄧㄥ1），指遺精；一讀liù-tsiⁿ（ㄌㄧㄨ3-ㄐㄧ1鼻音），指浪蕩小子，有作「禿鬮」，偏指禿頭者，似非。

0410　溜皮【落皮、脫皮】

人表皮自然脫落或受傷脫落，河洛話稱liù-phuê（ㄌㄧㄨ3-ㄆ
ㄨㄝ5），有因「溜」字有「滑落」義，故作「溜皮」。

liù-phuê（ㄌㄧㄨ3-ㄆㄨㄝ5）主要在指表皮「脫」或「落」
的現象，亦即「脫皮」、「落皮」，而這樣寫似乎亦妥。

「脫」是入聲字，可讀thuat（ㄊㄨㄚㄅ4），如脫水；可讀
thut（ㄊㄨㄅ4），如脫輪【脫臼】；可讀lut（ㄌㄨㄅ4），如脫
臼、脫頭毛；可讀liuh（ㄌㄧㄨㄏ4），如脫皮。【liuh（ㄌㄧㄨㄏ4）
和liù（ㄌㄧㄨ3）置前皆讀二調liú（ㄌㄧㄨ2），口語音一樣】。

「落」亦為入聲字，可讀lòk（ㄌㄛㄍ8），如落伍、落第、
部落；可讀lak（ㄌㄚㄍ4），如落價；可讀lòh（ㄌㄛㄏ8），如落
雨；可讀laùh（ㄌㄠㄏ8），如下落枕；可讀liuh（ㄌㄧㄨㄏ4），
如落皮。

有時liù（ㄌㄧㄨ3）是指以手脫去的動作，則宜作「挽liuh
（ㄌㄧㄨㄏ4）」，如挽帽仔、衫仔挽光光。昆蟲或蛇類換皮
殼，則應作「蛻皮」，或「褪皮」、「褪殼」。

0411 嘮嘈【勒索、牢騷、囉唆】

　　lo-so（ㄌㄜ1-ㄙㄜ1）是河洛話常用的詞，一般具有三義，三種寫法，第一種寫法為「勒索」，作強制索取解，如「恐怖份子勒索美國政府五千萬美金」、「他犯著恐嚇勒索罪，已經入獄矣」。

　　其二作「牢騷」，謂舒發不平，儒林外史第八回：「哪知這兩位公子，因科名蹭蹬，不得早年中鼎元，入翰林，激成了一肚子牢騷不平」，漢書揚雄傳：「畔牢愁」，王先謙補注：「宋祁曰：蕭該案牢字旁著水。韋昭曰：泮，騷也。王念孫謂：牢讀為憥，集韻：憥慄，憂也。據此騷本訓為憂，牢亦有憂意，今多引申謂舒發不平曰發牢騷」。

　　其三作「囉唆」，紅樓夢第八回：「囉唆什麼，過來我瞧罷」，囉唆謂多言也，亦作「嚕囌」，中文大詞典：「俗語以多言為嚕囌，一作囉唆，蘇滬有嚕哩嚕囌語，亦多言之意」。臺灣語典卷四作「嘮嘈」，「嘮嘈」謂聲音嘈雜，非多言也，不妥。

　　俗亦作「囉嗦」，非成詞，應屬訛寫，亦不妥。

0412 長嶚嶚、長敹敹、長呂呂【長老老】

俗說「時間長嶚嶚」，或說「一日長嶚嶚」，都在說時間多而漫長，藉以表示可做很多事，或反說百無聊賴，難以排遣。「長嶚嶚」讀做tn̂g-ló-ló（ㄉㄥ5-ㄌㄜ2-ㄌㄜ2），嶚，長貌，而確實「嶚liâu（ㄌㄧㄠ2）」可轉lió（ㄌㄧㄜ2）【如橋、表、跳、兆、笑、照等字亦是】，再轉ló（ㄌㄜ2）。

有作「長敹敹」，廣韻：「敹，長貌」，而「敹liâu（ㄌㄧㄠ2）」與「嶚」同，可轉lió（ㄌㄧㄜ2），再轉ló（ㄌㄜ2）。

有作「長呂呂」，方言六：「𢾾、呂，長也，東齊曰𢾾，宋魯曰呂」，「呂lú（ㄌㄨ2）」亦可音轉ló（ㄌㄜ2）。

有作「長倰倰」，倰，長也，但「倰」讀ling（ㄌㄧㄥ）五或七調，音與調皆不合。

其實作「長老老」最佳，不但音義皆合，而且通俗簡淺，詩鄘風：「君子偕老」，獨斷：「老，謂久也」，即長久，如老友、老木、老病、老疾、老酒、老屋、老語、老樣、老劍、老樹、老檜、老薑，「老」皆作長久義。

0413　阿佬【阿奴】

　　有些地方稱小孩為a-ló（ㄚ1-ㄌㄜ2），含親暱之意，有寫做「阿佬」者，似乎不妥，因為「佬」為狀詞時，作「大」義，玉篇：「佬，傝佬也，大皃」；另一義則是粵人稱男子為「佬」，另有一說，以為「佬」為鄙稱詞，如鄙稱河洛人為「福佬人」，鄙稱美國人為「美國佬」，總而言之，以「佬」暱稱小孩並不妥當。

　　「阿佬」宜作「阿奴」，「奴」音lô（ㄌㄜ5），有些地方確實稱小孩為「阿奴a-lô（ㄚ1-ㄌㄜ5）」。不過「奴」的口語音亦讀ló（ㄌㄜ2），如家中奴僕稱為「家奴kho͘-ló（ㄎㄜ1-ㄌㄜ2）」，暱稱小孩為「阿奴a-ló（ㄚ1-ㄌㄜ2）」。

　　北史麥鐵杖傳：「麥鐵杖將度遼，呼其三子曰：『阿奴，當備淺色黃衫，吾荷國恩，今是死日，我得被殺，爾當富貴』」，南史齊紀下廢帝鬱林王：「武帝臨崩，執帝（廢帝鬱林王）手曰：『阿奴，若憶翁，當好作』」。

　　其實「阿奴」乃尊長對卑幼者以及夫妻間之暱稱，可兄稱弟、父稱子、祖稱孫、夫妻互稱、帝稱后，甚至謙稱自己，運用極廣。

0414 阿諛、阿那【阿老】

讚美,河洛話說o-ló(ㄛ1-ㄌㄛ2),寫法紛紜。

有作「呵咾」。呵,責也,笑也;咾,聲也。音合,義不合。

有作「褒了」、「褒好」。褒即讚美;了即好。義合,音可通。

有作「阿諛」。古典「阿」有讚美義;諛,以甘言入於人。惟「諛」、「阿諛」俗作貶詞,且「諛」讀五、七調,調不合。

有作「阿那」。中文大辭典:「那,美也」;阿那即讚美,惟「阿那」係成詞,作柔美貌、舒徐貌、茂盛貌、樂曲名、姓氏、那個【指示代名詞,「阿」讀入聲ok4(ㄛㄍ4),發語詞,無義】等義,共六種用法,皆不作動詞用,不過古典素有狀詞作動詞用者,「阿那」由狀詞轉動詞應有可能。

或可作「阿老」,老,蒼古也,練達也,老練也,凡久經其事者,如老手老到之屬,亦屬讚美之詞,則阿老即讚美。杜甫奉漢中王手札書:「枚乘文章老,河閒禮樂存」,徐積崔秀才唱和詩:「子美骨格老,太白文采奇」,老即美好。

0415 苦力【家虜、家奴】

　　臺灣語典：「苦力，呼咕哩……，孟子：或勞心、或勞力。苦力，則勞力也」，「苦力」讀ku-lih（ㄍㄨ1-ㄌㄧ-ㄏ8），與日語同。

　　臺灣漢語辭典：「俗以勞工中之出賣體力者為kho-lòh（ㄎㄛ1-ㄌㄜㄏ8），相當於日語之苦力」，似乎聲音已有變化。

　　其實臺灣民間稱kho-lòh（ㄎㄛ1-ㄌㄜㄏ8），多指奴僕，而非勞工，將奴僕寫做「苦力」並不妥當【「苦khó（ㄎㄛ2）」讀二調，不讀一調，調不合】。

　　按可作「奴僕」義的字極多，如奴、僕、嬛、婢、臣、隸、虜、工、丁、傭、隸、僮……，與kho-lòh（ㄎㄛ1-ㄌㄜㄏ8）相符合者應為「家虜【或作家奴，見0413篇】」。

　　家虜，家中之奴僕也，後漢書馬援傳：「凡殖貨財產，貴其能施賑也，否則守錢虜耳」，史記魯仲連鄒陽列傳：「彼秦者，棄禮義而上首功之國也，權使其士，虜使其民」，荀子儒效：「偶然若終身之虜，而不敢有他志」，虜，奴隸也、僕役也。

　　「虜」音ló（ㄌㄛ2），俗口語音有說「家虜」為kho-ló（ㄎㄛ1-ㄌㄜ2）。

0416　躴【䯧、劵】

　　河洛話說人軀體高而長為lò（ㄌㄛ3），一般都寫做「躴」，「躴」字左身右長，套句文字學的用語就是「从身从長會意」，意思是身軀長，簡言之，即俗說的「高」，就造字原理看，是個平實可解的造字，唯一可惜的是，字典裡找不到它，它竟是後人的臆造字。

　　有人說，有些河洛話是有音無字的，遇到有音無字的時候就暫以漢羅法書寫【結合漢字與羅馬拼音的一種書寫方法】，盡量不要充當倉頡，就算不知「lò（ㄌㄛ3）」如何寫，寫拼音字也是可行的。

　　集韻：「劵，劵驕，身長」，廣韻：「䯧，䯧髞，高貌」，就造字原理來說，「劵」从身勞聲，「䯧」从高勞聲，兩字皆具高義，皆讀「勞lô（ㄌㄛ5）」聲，可讀lò（ㄌㄛ3）、lô（ㄌㄛ5）、lō（ㄌㄛ7）。

　　可見lò（ㄌㄛ3）並非有音無字，吾人不必充當倉頡，另造「躴」字，「劵」字用於身體之高且長，「䯧」字用於物體之高且長，區分十分明確。

0417　潃水、涿水【濁水、濃水】

　　臺灣語典：「潃，水濁也。按臺語謂濁曰潃；唯濁水溪用『濁』字，俗呼潃水」。按「潃」字作大波、淫雨、洒、淹、水名、灘名解，並無「渾濁」義，集韻：「潃，郎刀切，音勞lô（ㄌㄛ5）」，與口語音一樣，將「濁水」寫做「潃水」，音合，但義不合。

　　俗多作「濁水」，溪名「濁水溪」即最有力的佐證，其實「濁」是入聲字，將「濁」讀做lô（ㄌㄛ5）乃訓讀音。

　　或有作「涿水」，山海經海內經：「韓流取涿子，曰阿女」，畢注：「涿即濁字，古用涿也」，不過「涿」音如「濁」，為入聲字，或讀lāu（ㄌㄠ7），亦不讀平聲五調，故作「涿水」義合調不合。

　　其實可作「濃水」，以「農」為聲的字常有「多」義，引申作厚、盛、長，甚至衍生作不明解，如目不清曰「矓」，耳不清曰「聸」，語不明曰「噥」、曰「譨」，河洛話都說成lô（ㄌㄛ5）；則水不清曰「濃」，即濃水，即濁水。

191

0418 落宿【蹈常、道常、例常】

　　「習慣」的河洛話有時說lō-siō（ㄌㄜ7-ㄒㄧㄜ7），因「宿siū（ㄒㄧㄨ7）」可音變siō（ㄒㄧㄜ7），有作「落宿」，謂鳥歸巢漸漸安靜下來，引申「漸漸地習慣」，其實「宿」本就有舊、久、素的意思，等同宿常、素常、平常、平素，所謂「落宿」即落於平常，即稀鬆平凡常有所見，正是所謂的「習慣」。

　　有作「蹈常」，劉禹錫何卜賦：「得非所美，失非我恥，姑蹈常而候之，夫何卜焉」；亦有作「道常」，漢書東方朔傳：「君子道其常，小人計其功」；「蹈」、「道」皆讀tō（ㄉㄜ7），可音轉lō（ㄌㄜ7）。

　　或可作「例常」，與「常例」同義，互為倒語，即慣常，「常例」可讀siô-lō（ㄒㄧㄜ5-ㄌㄜ7）【見0641篇】，故「例常」可讀lō-siô（ㄌㄜ7-ㄒㄧㄜ5），惟「常」從巾尚聲，白話讀如尚siō（ㄒㄧㄜ7）【與和尚的「尚siōⁿ（ㄒㄧㄜ7鼻音）」調同音近】，故「例常」亦讀lō-siō（ㄌㄜ7-ㄒㄧㄜ7），如「他話烏白講，不睬他，他遂例常起來」【「例常」改作「常例siô-lō（ㄒㄧㄜ5-ㄌㄜ7）」，意思一樣，口語也有人這麼說】。

0419　瘦枝落葉【瘠枝弱葉】

　　借物寫人乃慣見的修辭技法，如以「珠黃」寫人變老，以「狼心」寫人心狠，以「飯桶」罵人愚笨，以「木頭」說人呆板，以「荳蔻」比喻處女，比如一個人身體瘦弱說是「瘦枝落葉sán-ki-lòh-hiòh（ㄙㄢ2-ㄍㄧ1-ㄌㄛㄏ8-ㄏㄧㄛㄏ8）」，以葉子凋落後的瘦枝模樣來形容人身體瘦弱，似乎言之成理。

　　然「瘦枝落葉」應屬一三字成對，二四字亦成對的四字成語，「枝【名詞】」「葉【名詞】」成對，一三字也成對，但顯然「瘦【狀詞】」「落【動詞】」並不成對。

　　有作「瘠枝羸葉」，「瘠」「羸」成對自不待言，「羸」白話音讀lê（ㄌㄝ5）、luî（ㄌㄨㄧ5），置前可變七調或三調【俗多變七調】，則「瘠枝羸葉」與sán-ki-lòh-hiòh（ㄙㄢ2-ㄍㄧ1-ㄌㄛㄏ8-ㄏㄧㄛㄏ8）的口語音相近。

　　寫做「瘠枝弱葉」似乎更佳，不但音義妥適，而且平易近人，「弱」口語讀liòh（ㄌㄧㄛㄏ8），如「軟弱」白話音即讀nńg-liòh（ㄋㄥ2-ㄌㄧㄛㄏ8），liòh（ㄌㄧㄛㄏ8）與lòh（ㄌㄛㄏ8）音近似，比「羸」佳。

0420 干祿、矸轆【杆轆、捲轆】

　　「車」是一種交通工具，靠轉動輪子以移動位置，這致使一些車部字具有「轉動」義，「轆」字就是其一，如「轆軸」，農具名，用以碾平場圃或輾稻麥；如「轆轆」，轉動貌，斷鴻零雁記：「是時心頭轆轆，不能為定行止」；例如「轆轤」，指利用輪軸原理製成的井上汲水器，或指機械的絞盤，或指車輪，或喻圓轉。

　　「轆」口語讀lak（ㄌㄚㄍ4），如轆車【轆轤】、轆空【鑽孔】、轆鑽【鑽子】、車轆【滑輪】，都與轉動有關。另有一種玩具，用繩子捲繞後急抽繩子使轉動，北京話稱「陀螺」，河洛話則以「轆」名，俗作干祿、杆轆、矸轆，讀做kan-lòk（ㄍㄢ1-ㄌㄛㄍ8）。

　　按，干祿，成詞也，謂求福、求祿位，不宜用來指稱陀螺；至於矸轆的「矸」，作擊、碰石、碾繪、白淨貌、山石貌義，亦不妥；杆轆的「杆」則指柘木【見類篇】，本草柘：「……喜叢生，榦疏而直……作琴瑟，清響勝常……」，古陀螺可發出清響，用柘製作陀螺倒很合適。亦可作「捲轆」，捲，以繩捲繞也，廣韻：「捲，巨員切，音權kuân（ㄍㄨㄢ5）」，音轉kân（ㄍㄢ5），置前與kan（ㄍㄢ1）一樣，都讀七調。

0421

花狸鹿貓【紛裡亂撩】

　　形容紛亂而無章法，河洛話說hue-lí-lòk-niau（ㄏㄨㄝ1-ㄌㄧ2-ㄌㄛㄍ8-ㄋㄧㄠ1），俗多作「花狸鹿貓」，乍看之下，我們彷彿看見花狸、花鹿、花貓三種動物，或一朵花佩上狸鹿貓三種動物，一下子還真讓人眼花撩亂，紛亂異常，好像用「花狸鹿貓」來表示紛亂還有些道理哩。

　　俗說「做事隨便亂來」為「烏魯木齊ơ-lòk-bòk-tsè（ㄛ1-ㄌㄛㄍ8-ㄅㄛㄍ8-ㄗㄝ3）」，其實應作「胡亂妄做」【見0470篇】，「亂」原讀luān（ㄌㄨㄢ7），卻白讀lòk（ㄌㄛㄍ8），hue-lí-lòk-niau（ㄏㄨㄝ1-ㄌㄧ2-ㄌㄛㄍ8-ㄋㄧㄠ1）的lòk（ㄌㄛㄍ8）亦寫做「亂」，整個語詞寫做「紛裡亂撩」，言紛雜中撩亂無序，亦即「紛亂」，此寫法要比「花狸鹿貓」來得典雅明確，來得合情合理。

　　「紛裡亂撩」有時略說「紛裡撩」、「紛亂撩」、「亂裡撩」，或說「紛亂亂」、「紛撩撩」，翻來覆去，就是這些音的組合【以上「亂」皆讀lòk（ㄌㄛㄍ8）】。

　　若將「裡」字作「而」，義亦合，但調稍有出入。

0422 鹵、惱【老、努、勞苦】

河洛話「他誠『ló（ㄌㄛ2）』」，「ló（ㄌㄛ2）」有很多寫法，很多意思。

可作「鹵」，正字通：「鹵，鹵莽也」，「他誠鹵」即他很鹵莽，如「他誠鹵，講話鹵，動作鹵，所交的朋友也攏誠粗鹵」。

可作「老」，「老」即年紀大，「他誠老」即他很年老，如「他誠老，做法古老，觀念古老，是一個古老襲古（讀kó-ló-sùt-kó（ㄍㄛ2-ㄌㄛ2-ㄙㄨㄉ8-ㄍㄛ2），即老古董）」。

可作「惱」，「惱」即氣惱，「他誠惱」即他很氣惱，如「他誠惱，荷頂司惱，荷同事惱，轉來次，荷姥囝惱」。

可作「努」，「努」即努力，「他誠努」即他很努力，如「他誠努，日亦努，暝亦努，年頭努，年尾益加努」。

「努力」和「勞苦」不同，河洛話「ló（ㄌㄛ2）」有時指「勞苦」，為「勞苦」兩字的合讀音，「他誠勞苦」即他很勞苦，如「他誠勞苦，勞苦暝，勞苦日，勞苦未了【在此「勞苦」二字合讀一音，讀做ló（ㄌㄛ2）】」。

0423 氣身魯命、氣身鹵命【氣身惱命】

　　金剛經：「若有善男子善女人，以恆河沙等身命布施」，漢書鄭崇傳：「以身命當國咎」，崔顥安封侯詩：「戎馬鳴兮金鼓震，壯士激兮忘身命」，可見「身命sin-miā（ㄒㄧㄣ1-ㄇㄧㄚ7）」是個成詞，河洛話亦有「身命」一詞，如說人好命，稱「身命好」、「好身命」，或把「身命」分開成「◎身◎命」成語型態的造詞。

　　若一個人過著氣惱的生活，河洛話便說khì-sin-ló-miā（ㄎㄧ3-ㄒㄧㄣ1-ㄌㄛ2-ㄇㄧㄚ7），有作「氣身魯命」，或「氣身鹵命」，魯通鹵，皆作鈍義；鹵則另作鹹地、鹵莽、大盾、抄掠等義，寫做「氣身魯命」、「氣身鹵命」，義不可行。

　　「氣身魯命」、「氣身鹵命」宜作「氣身惱命」，指有形的身與無形的命皆籠罩於氣惱之中，在此一三字「氣」與「惱」互對，二四字「身」與「命」互對，「惱」本讀nó（ㄋㄛ2），口語讀成ló（ㄌㄛ2）。

　　若將「氣身惱命」寫做「氣身勞命」，似乎也通，不過詞義稍有不同，惟「勞」不讀二調，調不符【有以為「勞力」的「勞」讀二調，而以為「勞」可讀二調，實非】。

0424　勞力、努力【勞努力】

　　河洛話有道謝語ló-la̍t（ㄌㄛ2-ㄌㄚㄅ8），意在感謝人家的出力，俗有二寫，一作努力，一作勞力。

　　臺灣語典作「努力」，高階臺語標準字典亦作「努力」，「努力」多作勉力、盡力解，非感謝之詞，漢書外戚趙皇后傳：「告偉能努力飲此藥」，「努力」作勉力義；晉書邵續傳：「汝等努力自勉」，「努力」作盡力義；三國志魏志董卓傳注：「努力謝關東諸公，以國家為念」，因句中已有「謝」字，「努力」成為狀「謝」字之副詞，非感謝之詞，亦作盡力義。

　　至於「勞力」，其義甚廣，計有從事體力勞動、勞損民力、耗費氣力、勞動力、勞煩出力等義，作謝詞倒是合宜，然韻書注「勞」讀五、七調，非二調，調不合。

　　「努力」音合義不合，「勞力」義合音不合，若將二者合成「勞努力」，作有勞努力義，則成為不折不扣的道謝語，「勞努」因音近而急讀成ló（ㄌㄛ2），不但義合，音也合。

0425　勞力【惱力、勞苦力】

　　道謝語ló-la̍t（ㄌㄛ2-ㄌㄚㄅ8），俗多作「勞力」、「努力」，作「勞力」時義合音不合，作「努力」時音合義不合，結合「勞力」、「努力」，而作「勞努力」，「勞努」二字急讀縮成一音，讀做ló（ㄌㄛ2），則音義皆合【見0424篇】。

　　在河洛話裡，「惱ló（ㄌㄛ2）」有煩擾義，如氣身惱命、惱氣、荷學生惱、感覺誠惱、惱死，薛能申湖詩：「舊境深相惱」，蘇轍次秦觀答潛詩：「險韻高篇空自惱」，雍陶春詠詩：「風惱花枝不耐頻」，增韻：「惱，事物撓心也」，唯識述記一本：「煩是擾義，惱是亂義，擾亂有情，故名煩惱」。

　　故道謝語ló-la̍t（ㄌㄛ2-ㄌㄚㄅ8）可作「惱力」，即煩擾其力，換成白話，即勞煩您的出力，是不折不扣的客氣答謝語。

　　或亦可作「勞苦力」，意即勞苦您的力氣，在此「勞苦lô-khó（ㄌㄛ5-ㄎㄛ2）」急讀縮為一音ló（ㄌㄛ2），如是亦與語音一致，義仍與「勞力」同，卻避開「勞」不讀二調的缺失。

0426　低落、下落【下路、下類】

　　差勁、拙劣、不上道，俗稱kē-lō（ㄍㄝ7-ㄌ乙7），有作「低落」、「下落」。按低落，下降也，如水位低落；低落亦程度減弱也，如心情低落。而下落即著落，如下落不明；下落亦即下降，如物價下落。「落」為入聲，非七調，作「低落」、「下落」音義皆不合。

　　有作「下路」，「下」白讀kē（ㄍㄝ7），路，方法也，下路即下流方法或手段。不過「下路」是個成詞，韓非子十過：「楚王因發車騎陳之下路【指前方】」，南史謝靈運傳：「見有七人下路【指路邊】聚語」，儒林外史：「下路【指長江下游】船上，不論什麼人」，以上成詞「下路」義各有所指，大抵與地理方位有關，但與差勁、拙劣、不上道無關，故將kē-lō（ㄍㄝ7-ㄌ乙7）寫做「下路」，有其欠妥處。

　　俗稱祭拜物品為「孝類」，糖果為「糖類」【見0428篇】，食品為「餕類」，布品為「布類」，海產為「海類」，「類」皆讀lō（ㄌ乙7），品類也，品類等而下之者即「下類」。

　　「下路」用於指稱手段，如「他做事下路」，不宜指稱格調品類，「下類」則不限。

0427 走路【走陋】

北京話和河洛話用字有時不同，例如「走」字，北京話指「步行」，河洛話卻指「奔跑」。

說文：「行，行人之步趨也，从彳亍」，釋名・釋姿容：「徐行曰步，疾行曰趨，疾趨曰走」，可見步、行、趨、走乃四種腳部動作，以速度區分，走為最快。

「逃」字若與「步、行、趨、走」四者結合，當然以「走」字為上選，因為唯有快速的「走」最能夠完成「逃」的動作，於是「逃走」成詞。

河洛話說逃走tô-tsáu（ㄉㄜ5-ㄗㄠ2）之外，還說tsáu-lō͘（ㄗㄠ2-ㄌㆦ7），一般都寫做「走路【北京話則說「跑路」】」。

「走路」乃奔走於路，不具逃走義，與「逃走」義不相符，tsáu-lō͘（ㄗㄠ2-ㄌㆦ7）應寫做「走陋」，玉篇：「㔷，又作陋」，新方言釋言：「凡逃或謂之㔷，說文，㔷，側逃也，盧候切【讀做lō͘（ㄌㆦ7）、lāu（ㄌㄠ7）】，今謂乘隙脫走為㔷」，可見：陋即逃，走陋即走逃，即逃走。

0428 糖仔路、糖仔滷【糖仔類】

　　早期聘禮往往包括鴛鴦糖、卍字糖、八角糖、糖龜、糖雞……等所謂的「糖仔路thn̂g-á-lō（ㄊㄥ5-ㄚ2-ㄌㄛ7）」，這些糖品的製作，是先將糖熬成糖膏，再置於各種模型中冷卻凝固，製成各種形狀的糖點，不過今已少見。

　　「糖仔路」宜作「糖仔類」，泛指糖製類食品，「類」字一般讀luī（ㄌㄨㄧ7），惟「類」从犬頪聲，口語可讀如頪lē（ㄌㄝ7），音轉lō（ㄌㄛ7），像家、螺、作、初、錯、疏、蔬、庶、祭……等皆有「e（ㄝ）」轉「o（ㄛ）」的現象。

　　俗稱喪家所需之喪具為「孝類hà-lō（ㄏㄚ3-ㄌㄛ7）」，不宜寫成「孝路」。

　　拜訪他人時，隨手攜帶的伴手禮【一般皆為食品】，應寫作「餤類tám-lō（ㄅㄚㄇ2-ㄌㄛ7）」，集韻：「餤，杜覽切」，讀tám（ㄅㄚㄇ2），名詞作餅類解，動詞作食解，與啖、啗同，口語音轉tán-lō（ㄅㄢ2-ㄌㄛ7），訛寫「等路」。

　　有將「類」作「滷」，「滷」字指鹹汁，將糖類食品寫做「糖仔滷」，將喪具寫做「孝滷」，將伴手禮寫做「餤滷」，明顯不妥。

0429 勮【推】

手出力向前以移動物體，北京話稱「推」，河洛話則說摖tshia（ㄑㄧㄚ1）、攍sak（ㄙㄚㄍ4）、勮lu（ㄌㄨ1）。

說文：「勮，推也，从力畾省聲」，讀如畾lui（ㄌㄨㄧ1），白話則讀lu（ㄌㄨ1）。

「勮」屬僻字，今多作「推」，廣韻：「推，他回切」，音thui（ㄊㄨㄧ1），如推派；集韻：「推，川佳切」，音tshui（ㄘㄨㄧ1），如推算；史記索隱：「推，直追切」，音tui（ㄉㄨㄧ1），後音轉tu（ㄉㄨ1），如推來推去。可知「推」衍生音不少，大家常說的「推辭」的「推」，則讀做the（ㄊㄝ1）。

lu（ㄌㄨ1）亦屬「推」字所衍生的白話音，如「推車」、「推倒」、「推過頭」等，與其將lu（ㄌㄨ1）寫做僻字「勮」，不如用「推」字來得平易通俗。

前述lu（ㄌㄨ1）係指「手用力使物移動」，不過「物體自身位移」亦稱lu（ㄌㄨ1），則不宜作「推」，應寫做「溜」，如倒退溜、溜落去、溜向前、溜過頭……，「溜」讀liu（ㄌㄧㄨ1），口語音轉lu（ㄌㄨ1）。

0430 胡墜墜
【胡喇喇、呼喇喇、浮喇喇】

　　有三種人口才特好，那就是媒人、生意人、江湖郎中，他們向來能說善道，憑靠一根三吋不爛之舌，搬弄著天花亂墜般的語言，不但動人心弦，甚至能肉白骨、活死人，他們的嘴人稱「媒人嘴」、「生理嘴」、「江湖嘴」，形容這三種嘴很會說話，河洛話在其後面加上hô-luì-luì（ㄏㄜ5-ㄌㄨㄧ3-ㄌㄨㄧ3）三個字。

　　hô-luì-luì（ㄏㄜ5-ㄌㄨㄧ3-ㄌㄨㄧ3）有作「胡墜墜」，胡，亂也，墜，下墜也，意指「胡謅亂扯，卻如天花亂墜，動人聽聞」，屬省語構詞，雖似有理，但「墜」讀tuī（ㄉㄨㄧ7），調有出入。

　　能說善道者往往口若懸河，喇喇不休，河洛話稱「喇喇叫」，「喇」讀做là（ㄌㄚ3）或lù（ㄌㄨ3）、làu（ㄌㄠ3），如喇英文、阿卓仔講話喇喇叫【「卓」讀tok（ㄉㄜㄍ4），「阿卓仔」指鼻梁高聳者，俗用來專稱外國人】，「喇lù（ㄌㄨ3）」可音轉luì（ㄌㄨㄧ3）。

　　「胡墜墜」宜作「胡喇喇」，即喇喇然胡亂說話，亦可作「呼喇喇」，指喇喇然說話，或作「浮喇喇」，指說話喇喇然卻浮誇不實。

0431 胊忍瘮【交冷恂、交懍恂】

　　人因寒冷或恐懼而產生頭搖體顫的現象，河洛話稱ka-lún-sún（ㄍㄚ1-ㄌㄨㄣ2-ㄙㄨㄣ2）【lún（ㄌㄨㄣ2）亦有讀líng（ㄌㄧㄥ2）】，俗因聲造詞多作「加冷筍」，義不足取。

　　臺灣漢語辭典作「胊忍瘮」，胊忍即蚯蚓，瘮，駭恐貌也，寒病也，言見蚯蚓齊聚蠕動而心生恐懼或感到發冷，乃引申用法，屬衍生之語。

　　其實可作「交冷恂」，交，交互也，冷，寒冷也，恂，戰慄也，莊子齊物論：「惴慄恂懼」，釋文：「恂，恐貌，崔云：戰也」，則「交冷恂」即「冷」與「恂」交互作用的現象，亦即因冷而戰，且更因戰而冷的一種交互現象。

　　亦可作「交懍恂」，懍，懼貌，亦寒也，荀子議兵：「臣下懍然，莫必其命」，懍然，悚慄之貌，中文大辭典：「懍乎，寒也」，則「交懍恂」即「懍」與「恂」交互作用的現象，亦即因懍【或冷】而戰，且更因戰而懍【或冷】的一種交互現象。

　　「忍」俗讀jím（ㄐㄧㆬ2）、lím（ㄌㄧㆬ2），如忍耐，亦讀lún（ㄌㄨㄣ2），如吞忍，「懍lím（ㄌㄧㆬ2）」口語亦讀lún（ㄌㄨㄣ2），與「忍」字一樣。

0432　呒【不】

　　河洛話的否定詞m̄（ㄇ7），即北京話的「不」，但「不」讀做put（ㄅㄨㄉ4），是入聲字，如不三不四、不十不七 【俗訛作「不達不七」】、一不做二不休……，所以寫到m̄（ㄇ7），一般都寫羅馬音m̄，或寫漢字「呒」，藉以替代「不」字，避開「不」讀put（ㄅㄨㄉ4）不讀m̄（ㄇ7）的窘境。

　　「呒」與「否」形似，義卻異，集韻：「呒，吸也」，集韻：「呒，普溝切，音抒phau（ㄆㄠ1）」，不讀m̄（ㄇ7），寫做「呒」，其實音義皆不合。

　　說文：「不，鳥飛上翔，不下來也」，有「飛翔」義，難怪利用「不」字造的「杯」、「盃」、「呸」，讀音都近似「飛pue（ㄅㄨㆤ1）」。

　　文字學家羅振玉以為：「不，象花不 【花胚】 形，本義為花不 【花胚】」，從甲文、金文、小篆觀之，「不」字象花萼、莖及葉甚明。且河洛話說「開花」為「發不phah-m̄（ㄆㄚㆡ4-ㄇ5）」，說「花朵」為「花不hue-m̄（ㄏㄨㆤ1-ㄇ5）」，「不」本就可讀m（ㄇ）音，否定詞m̄（ㄇ7），其實就是「不」字。

0433

馬虎【模糊】

　　「貓熊」不是貓，是熊；「駱馬」不是駱，是馬；「鳥鼠」不是鳥，是鼠；「虎鯊」不是虎，是鯊；「蘋果檨」不是蘋果，是檨【芒果】；「黃梨釋迦」不是黃梨【鳳梨】，是釋迦；大家可別因為這樣，以為兩種動物或植物組成的詞，必屬組合者之一【尤其是組合兩者中之後者】，舉例來說，「馬虎」就不是馬，也不是虎。

　　「馬虎」屬晚近造詞，與它有關的詞還有「馬虎子」、「馬虎眼」、「馬馬虎虎」，除了「馬虎子」外，全都作草率、疏忽、模糊解。

　　「馬虎子」是舊時大人用來嚇唬小孩的話，它與「馬虎眼」、「馬馬虎虎」一樣，和馬和虎完全沒有關係，其實「馬虎子」是一個人，這個人幫隋煬帝開運河，不過卻有蒸死小兒的記錄，是個恐怖人物，人人聞之色變，大人便用他來嚇唬小孩，這和民間用虎姑婆來嚇唬小孩的情形一樣，這個人就是麻叔謀，人稱「麻胡子」。

　　可見「馬虎」是「麻胡」的諧音借代詞，「馬虎」的「虎」北京話一般讀做第一調，算是間接證據，它原本應該寫做「模糊má-hu（ㄇㄚ2-ㄏㄨ1）」。

0434 嘛也通【也會通】

　　河洛話「你有我『mā（ㄇㄚ7）』有」的「mā（ㄇㄚ7）」字，一般都寫做「嘛」，它相當於北京話的「也」，但大家都不寫「也」，因為廣韻：「也，羊者切」，讀iá（ㄧㄚ2）；中華大字典：「也，羊謝切」，讀iā（ㄧㄚ7），與mā（ㄇㄚ7）聲音不合，故不敢寫做「也」，只好因聲造字寫成「嘛」。

　　其實「也」可讀做á（ㄚ2），如桌也、椅也【「也」字於名詞後，作語尾助詞，無義，河洛話多作「仔」】；「也」亦可讀做ā（ㄚ7），如也是、也有、也知、也來，不過ā（ㄚ7）的口語音有時被說成mā（ㄇㄚ7），所以才被寫成「嘛」，ā（ㄚ7）、iā（ㄧㄚ7）是正確音，mā（ㄇㄚ7）是訛轉後的口語音，屬於差誤音。

　　「臺語『嘛也通mā-ē-thong（ㄇㄚ7-ㄝ7-ㄊㄛㄥ1）』」這個句子，應該寫做「臺語也會通」，或是「臺語也獲通」，如今仍有將mā-ē-thong（ㄇㄚ7-ㄝ7-ㄊㄛㄥ1）說成ā-ē-thong（ㄚ7-ㄝ7-ㄊㄛㄥ1）的，說成ā-ē-thong（ㄚ7-ㄝ7-ㄊㄛㄥ1）就不會被訛寫為「嘛也通」了。

0435 一冥【一暝、一瞑】

　　一個晚上，河洛話說tsit-mê（ㄐㄧ-ㄅ8-ㄇㄝ5），一般都寫做「一暝」，如有名的「育囝歌」歌詞：「嬰仔嬰嬰睏，一暝大一寸，嬰仔嬰嬰惜，一暝大一尺」。

　　韓愈病鴟詩：「朝餐輟魚肉，暝宿防狐狸」，吳騫扶風傳信錄：「薄暝，秋鴻復來慰」，玉台新詠：「晻晻日欲暝，愁思出門啼」，謝靈運石壁精舍還湖中作：「林壑斂暝色，雲霞收夕霏」，雖「暝」亦作昏暗解，當狀詞，但以上四個「暝」都是不折不扣的名詞，當夜晚解。

　　「暝」作幽暗時，與冥同，集韻：「冥，說文，幽也，亦姓或从日」，「一暝」亦可作「一冥」，因為「冥」亦作夜晚解。蔡琰悲憤詩之二：「冥當寢兮不能安，飢當食兮不能餐」，南朝梁何遜七召治化：「映景星於初冥，聆鳳音於將曉」，以上「冥」皆作夜晚解。

　　俗有作「一瞑」，亦可，瞑通暝，韓愈春雪詩：「瞑見迷巢鳥，朝逢失轍車」，徐霞客遊記：「邜辭去，抵舟，已入瞑矣」，「瞑」指夜晚。

0436 挽擛【挽脈、挽拔、挽搣】

　　一個人得了熱病或情緒激動時，有時肌肉或神經會有輕微抽搐或拉引的現象，這種現象河洛話叫做bán-mèh（ㄅㄢ2-ㄇㄝㄏ8），有作「挽擛」，小爾雅廣詁：「挽，引也」，古文奇字：「摩，古作擛」，可見「擛」即「摩」，即撫摩，「挽擛」意指牽引與撫摸，與「抽搐與拉引」不盡相同，且「擛」讀平聲五調，不讀入聲。

　　有作「挽脈」，牽動筋脈也，雖筋脈與肌肉、神經不同，其牽引抽搐的表面現象卻極為相似，且彼此間可相互影響與作用，難以區分，「脈」音mèh（ㄇㄝㄏ8）。

　　有作「挽拔」，一切經音義三：「拔，引也」，挽亦引也，「挽拔」為同義複詞，「拔」音puèh（ㄅㄨㄝㄏ8）、pèh（ㄅㄝㄏ8），與mèh（ㄇㄝㄏ8）僅一音之轉。

　　同樣是同義複詞，作「挽搣」似更佳，說文：「搣，掔也」，段注：「掔，各本作批」，一切經音義三：「通俗文，掣挽曰批」，可見搣、掔、批、挽其義一也，「挽搣」為同義複詞，意指拉引、抽搐、掣挽，集韻：「搣，彌列切」，可讀biàt（ㄅ一ㄚㄉ8）、mèh（ㄇㄝㄏ8）。

0437　迷賴、糜爛【皮賴、彌賴】

　　臺灣語典卷四：「迷賴，猶糾纏也。又有不得不止之意。迷呼米，平聲。說文：迷，惑也；从辵，米聲。方言：賴，取也；又予也」，「迷賴」讀mî-nuā（ㄇㄧ5-ㄋㄨㄚ7），連氏作糾纏解，義取自成語「死纏賴打」，其實俗多作執著解，連氏以為「又有不得不止之意」，似乎是說反了。

　　有將mî-nuā（ㄇㄧ5-ㄋㄨㄚ7）寫做「糜爛」，孟子盡心下：「梁惠王以土地之故，糜爛其民而戰之，大敗」，此處「糜爛」作摧殘解，俗「糜爛」則亦作碎爛、腐爛、腐化、毀傷、摧殘或被蹂躪義，但不作執著解。

　　mî-nuā（ㄇㄧ5-ㄋㄨㄚ7）俗亦說mî-sí-mî-nuā（ㄇㄧ5-ㄒㄧ2-ㄇㄧ5-ㄋㄨㄚ7），可作「皮死皮賴」，為「死皮賴皮」之倒語，即俗說的「死賴」，有執著義，如「他皮死皮賴寫作」，「皮phî（ㄆㄧ5）」在此音轉mî（ㄇㄧ5）。

　　亦可作「彌死彌賴」，小爾雅廣詁：「彌，益也」，「彌死彌賴」作益加死賴解，如「彌死彌賴寫冊」、「彌賴寫冊」，亦即執著於寫書。

一枚、一䮐【一耳】

　　河洛話有單位詞稱mī（ㄇ一7），俗多作「枚」。

　　方言十二：「箇，枚也」，注：「謂枚數也」。玉篇：「枚，箇也」。左氏昭十二：「枚筮之」，疏：「今人數物曰一枚兩枚，枚，是籌之名也」。廣韻：「枚，莫杯切，音梅」，音muî（ㄇㄨ一5）、muê（ㄇㄨㄝ5），與mī（ㄇ一7）不同調。

　　有作「䮐」，說文：「䮐，乘輿金馬耳也【段注本無馬字】，從耳麻聲」，廣韻：「䮐，乘輿金耳」，亦即天子乘輿，馬耳之金飾也，正韻：「䮐，忙皮切，音靡mî（ㄇ一5）」，與mī（ㄇ一7）不同調，且意指馬耳金飾，非量詞，河洛話或轉為量詞，可是用字險僻，調亦不合。

　　或可作「耳」，雖俗「耳ní（ㄋ一2）」多作名詞或語尾虛字，不作量詞。但「耳」白讀hīⁿ（ㄏ一7鼻音），鼻音在後，可轉在前讀做mī（ㄇ一7），就如「迎」讀gîng（ㄍ'一ㄥ5）和ngiâ（ㄖ一ㄚ5）一樣。

　　「耳」字通俗平易，音義可通，如一耳木耳、一耳蠔。

幼麵麵 【幼靡靡】

河洛話有很多「甲乙乙」句型的形容詞,如白皙皙、白蒼蒼、紅絳絳……,其中也有一個形容小孩或女子皮膚細緻的詞:iù-mī-mī(ㄧㄨˇ-ㄇㄧ7-ㄇㄧ7),意思是非常細緻,俗多寫做「幼麵麵」,以「幼」作幼小、細小解,而以顆粒極為細小的「麵粉」來狀「幼」字。

狀詞「甲乙乙」句型的「乙乙」如果也是狀詞,那麼最好「甲乙」成詞且與「甲乙乙」同義,如白皙皙、硬弸弸、暗蒙蒙等。

以上面的標準來定字,「幼麵麵」不妨作「幼靡靡」,集韻:「靡,摩詖切」,讀mī(ㄇㄧ7),小爾雅廣言:「靡,細也」,幼,少也,小也,故「幼」「靡」同義。

司馬相如長門賦:「觀夫靡靡而無窮」,王褒洞簫賦:「被淋漓其靡靡」,王延壽魯靈光殿賦:「何宏麗之靡靡」,「靡靡」皆作細好解,也就是微細而又美好。

不管「細而小」,還是「細而美」,都可寫做「幼靡靡」,如「藥粉幼靡靡」、「土沙粉幼靡靡」,如「皮膚幼靡靡」、「面肉幼靡靡」。

文市【門市】

古來人類早有商業活動，一些商人一邊躉購貨物，一邊開設商店將貨物直接供應給消費者，此種商店即稱「門市」，中文大辭典注「門市」條：「對批發言。指商人躉購貨物而設肆零星出售者。批發商亦多設有門市部，以直接供消費者之需求」，「門市」讀做mn̂g-tshī（ㄇㄥ5-ㄑㄧ7）。

「門」字讀mn̂g（ㄇㄥ5），屬白話音，如開門、門戶、門窗，其文言音讀bûn（ㄅ'ㄨㄣ5）【韻會：「門，謨昆切，音捫bûn（ㄅ'ㄨㄣ5）」】，如門生、門下、門士，以此之故，「門市」亦被讀做bûn-tshī（ㄅ'ㄨㄣ5-ㄑㄧ7）。

「文」字音bûn（ㄅ'ㄨㄣ5），與「門」的文言音相同，「門市」便被寫成「文市」，積非成是久了，後來竟衍生出一個對稱詞「武市」，說「文市」為一般零售商舖，「武市」為批發商。

語言是活的，會變化，會生滅，像「門市」變「文市」，再由「文市」衍生「武市」，就是一個鮮明的例子。

0441 頭毛結髮的【頭門結髮的】

　　早期農業社會時代，生產角色多為身強體壯的男性擔任，因此男性的社會地位明顯優於女性，於是便形成「男尊女卑」的現象，最明顯的莫過於「多妻制」，皇帝可三十六宮七十二院，高官顯爵可十幾二十妻妾，一般布衣三妻四妾也屬慣見。

　　當時男人娶的第一個老婆，即所謂的「元配【今人稱「大老婆」】」，亦稱「頭毛結髮的thâu-mn̂g-kiat-huat-ê（ㄊㄠ5-ㄇㄥ5-ㄍ一ㄚㄅ4-ㄏㄨㄚㄅ4-ㄝ5）」，詞中的「頭毛」寫法顯得突兀，因為「頭毛」與「髮」同義，「頭毛結髮的」整個造詞有問題。

　　古成婚之夕，男女左右合共髻曰結髮，即正式結為夫妻之稱，天錄閣外史：「寡人有母，結髮於先君，而生寡人」，古詩為焦仲卿妻作：「結髮共枕席，黃泉共為友」，曹植種葛篇：「與君初定情，結髮恩義深」，結髮即結為夫妻。

　　「婚姻」若有量詞，其量詞應該是門、宗，所謂一門婚姻、一宗婚姻，大老婆乃頭一門婚姻所娶，故應稱「頭門結髮的」，非「頭毛結髮的」，其實結髮亦即元配，「頭門」二字亦可去，稱謂錄妻結髮：「案，俗稱元配為結髮，此語漢時已有之」。

0442 罔象【物聖】

　　河洛話稱「鬼怪」為mngh-sngh（ㄇㄥㄏ4-ㄙㄥㄏ4）【末字或讀sṅg（ㄙㄥ3）三調】，有作「罔象」，史記孔子世家、集解、國語魯語、莊子達生、釋文、淮南子氾論訓、說苑辨物、夏鼎志等皆寫到「罔象」，即水怪也，然「罔象」俗讀mô-siuⁿ（ㄇㄛ5-ㄒㄧㄨ7鼻音），音近「罔神【惑人之鬼】」，但不讀mngh-sngh（ㄇㄥㄏ4-ㄙㄥㄏ4）。

　　早期「神」、「聖」、「鬼」、「魅【亦作鬽】」、「精」、「怪」混談而不分，「物神」、「物聖」、「物鬼」、「物魅【亦作物鬽】」、「物精」、「物怪」皆指「鬼怪」。韓愈原鬼：「不能無形於聲者，物怪是也」，漢書公孫弘傳：「物鬼變化，天命之符」，周禮春官家宗人：「以夏日至，致地示物鬽」，廣雅釋天：「物神謂之鬽」，而「聖」俗亦用以名神怪，中國第一號神怪人物「齊天大聖」，便是不折不扣的猴精，古來「神聖」二字向來齊用，「物神」既成詞，謂之鬽，「物聖」若成詞，當亦指鬼怪。

　　按物件、否物【指邪惡之物】、啥物、物陪【佐配主食者】的「物」俗讀mṅgh（ㄇㄥㄏ8）、mngh（ㄇㄥㄏ4）。「聖sìng（ㄒㄧㄥ3）」在此音轉sṅg（ㄙㄥ3）、sngh（ㄙㄥㄏ4）。

0443　酒毛、酒魔【酒麻、酒瘶】

　　古時稱清酒為聖人，簡稱「聖」。唐李適之罷相作：「避賢初罷相，樂聖且銜杯」，聖，酒也，李白贈孟浩然：「醉月頻中聖，迷花不事君」，聖，亦酒也，宋辛棄疾玉樓春隱湖戲作：「日高猶苦聖賢中，門外誰酣蠻觸戰」，聖賢，亦酒也，由前可見，酒實在具有令人難以抗拒的魅力。

　　酒很迷人，很多人沈迷其中，但人喝酒後，往往會產生酒失、酒狂、酒風、酒紅、酒病、酒眠、酒渴、酒暈、酒癲、酒慉、酒醉，甚至酒死的現象，其實並不好玩，其中有一種現象和「起酒紅」很相似，叫做「起酒毛khí-tsiú-mo（ㄎㄧ2-ㄐㄧㄨ2-ㄇㄛ1）」，「酒紅」是酒沁於外而面呈紅色，「起酒毛」是喝酒時或喝酒後產生的一種皮膚過敏現象，不但全身皮膚發紅，還會起瘶子狀的疹點，難看又難受，其實應寫做「酒麻」、「酒瘶」，正字通：「瘶，風熱病，本作麻」。

　　有作「起酒魔」，不妥，按太平廣記所言，「酒魔」是藏於人類鼻中妨人飲酒的蟲，白居易齋戒詩：「酒魔降伏終須盡」，酒魔為促人好飲之魔物，與「酒麻」不同。

暗摸摸【暗烏烏】

0444

　　「甲乙」成詞，「甲乙乙」亦成詞，且兩者詞義一致，這類型的詞例很多，如白皙、甜蜜、平坦、滑溜、晴朗等成詞，白皙皙、甜蜜蜜、平坦坦、滑溜溜、晴朗朗等亦成詞，且詞義一致。

　　河洛話說「黑暗」為「暗摸摸àm-moˈ-moˈ（ㄚㄇ3-ㄇㄛˈ-ㄇㄛˈ）」，以「因黑暗故須摸索始得前進或做事」取義，利用「摸」的行為來形容「暗」，有其理趣。

　　「暗摸摸」顯然並非前述「甲乙」成詞，「甲乙乙」亦成詞，且兩者詞義一致的形容詞，因為「暗摸」指偷偷的摸，與「暗摸摸」詞義不同。

　　如果屬前述「甲乙」成詞，「甲乙乙」亦成詞，且兩者詞義一致的形容詞，則宜作「暗烏烏」，「暗烏」本讀做àm-oˈ（ㄚㄇ3-ㄛˈ），因「暗àm（ㄚㄇ3）」以閉口m（ㄇ）收音，致使「烏」的口語音前頭冠上m（ㄇ），而發成moˈ（ㄇㄛˈ），「暗烏」口語遂說àm-moˈ（ㄚㄇ3-ㄇㄛˈ），這和「柑仔kam-á（ㄍㄚㄇ1-ㄚ2）」俗說kam-má（ㄍㄚㄇ1-ㄇㄚ2），道理一樣。

0445　暗蒙蒙【暗摸摸】

「黑暗」的河洛話說法很多，以「暗」開頭的如暗「bȯk-bȯk（ㄅ'ㄛㄍ8-ㄅ'ㄛㄍ8）」，作「暗漠漠」、「暗莫莫」、「暗摸摸」；如暗「bȧk-bȧk（ㄅ'ㄚㄍ8-ㄅ'ㄚㄍ8）」，作「暗默默」、「暗墨墨」；如暗「bông-bông（ㄅ'ㄛㄥ5-ㄅ'ㄛㄥ5）」，作「暗儚儚」、「暗瞻瞻」、「暗矇矇」、「暗曚曚」、「暗夢夢」、「暗濛濛」、「暗蒙蒙」、「暗懵懵」、「暗儚儚」、「暗盲盲」、「暗瞢瞢」。

最特別的要算是「暗mo͘-mo͘（ㄇㄛ1-ㄇㄛ1）【或讀暗bong-bong（ㄅ'ㄛㄥ1-ㄅ'ㄛㄥ1）】」，俗多作「暗摸摸」，以摸索前進或摸索東西來狀黑暗，頗富理趣，而「摸」的白話音就讀mo͘（ㄇㄛ1），或bong（ㄅ'ㄛㄥ1），如摸大腿。

河洛話也說「黑暗」為àm-mi-mo͘（ㄚㄇ3-ㄇㄧ1-ㄇㄛ1），中間只差一個音，應作「暗迷摸」、「暗冥摸」，或仍作「暗摸摸」，因「摸」亦讀mi（ㄇㄧ1），如一摸土沙粉【以手掬取一次稱「一摸」】。

以上可知，「暗摸摸」有三種讀法，意思卻都一樣。

0446　搵被【冃被】

　　「抱phō（ㄆㄛ7）」的河洛話也說成「搵moˑh（ㄇㄛㄏ
4）」，廣韻：「搵，手扶之也」，即抱，按搵从扌冒聲，讀如
冒mō（ㄇㄛ7），口語亦說moˑh（ㄇㄛㄏ4）。

　　四、七調互轉的例子很多，如潛沒【即潛泳】的「沒」讀bī
（ㄅ'一7），亦讀bih（ㄅ'一ㄏ4）；如恬靜的「恬」讀tiām（ㄉ一
ㄚㄇ7），亦讀thiap（ㄊ一ㄚㄅ4）；如「列」同「例」時，讀lē
（ㄌㄝ7），列瓦【砌瓦）】的「列」讀leh（ㄌㄝㄏ4）；如划算的
「划」讀huāⁿ（ㄏㄨㄚ7鼻音），划拳的「划」讀huah（ㄏㄨㄚㄏ
4）；如切切【細聲貌】的「切」讀tshē（ㄘㄝ7），悲切的「切」
讀tsheh（ㄘㄝㄏ4）。

　　早期嬰兒的蓋被應寫做「冃被」或「冒被」，不宜寫做
「抩被」或「搵被」，因為：搵被、抩被的意思是「抱著棉
被」，冒被、冃被的意思是「覆蓋用的棉被」，音雖一樣，意思
卻不相同。

　　【其實「冒」白話音mō（ㄇㄛ7），亦讀bok（ㄅ'ㄛㄍ4），如水冒出來；亦讀
puh（ㄅㄨㄏ4），如芛冒出來（亦作芛暴出來），就有四七調互轉的現象，「搵」以
「冒」為聲根，口語音從mō（ㄇㄛ7）轉成moˑh（ㄇㄛㄏ4），並不意外】

0447　嬾嫚【爛漫】

　　臺灣漢語辭典：「嬾嫚lān-muā（ㄌㄢ7-ㄇㄨㄚ7），無禮貌而迹近胡鬧也，集韻：嫚，嬾嫚，無儀適」，其實「嬾嫚」除作無儀適，亦作無宜適、無容飾義，關係「儀」、「容」，又是女部字詞，「嬾嫚」應指女子儀容邋遢欠修飾，而非任意做事【甚或有違禮制】義。

　　lān-muā（ㄌㄢ7-ㄇㄨㄚ7）宜作「爛漫」，按「爛漫」之於人，本指性情真率，如蘇軾詩：「天真爛漫是吾師」，後引申豪放不受拘束，如李白詩：「身世殊爛漫，田園久蕪沒」，後更引申任意行事【甚或有違禮制】，如劉緩詩：「釵邊爛漫插，無處不相宜」，陸繼善詞：「芳心不似蘪蕪草，一任春風爛漫吹」，高燮詩：「商量欲闢東籬地，更覓黃花爛漫栽」，司馬光詩：「周章連日忙，爛漫數宵睡」，辛棄疾詞：「喚起笙歌爛漫遊，且莫管閑愁」。

　　向來an（ㄢ）可轉uaⁿ（ㄨㄚ鼻音），如單、乾、山、旦、彈、散……，「漫」音bān（ㄅ'ㄢ7），可轉buāⁿ（ㄅ'ㄨㄚ7鼻音）【buāⁿ（ㄅ'ㄨㄚ7鼻音）=muā（ㄇㄨㄚ7）】。

0448　那行那唱【乃行乃唱】

　　北京話有「一邊……一邊……」的造句，河洛話說成「tsit-ping……tsit-ping……（ㄐㄧㄅ8-ㄅㄧㄥ1……ㄐㄧㄅ8-ㄅㄧㄥ1……）」，較道地的說法是「ná……ná……（ㄋㄚ2……ㄋㄚ2……）」，俗有作「那……那……」。

　　因此，「一邊走路一邊唱歌」寫成「那行路那唱歌」，「一邊吃飯一邊說話」寫成「那食飯那講話」，但「那」字雖用例繁複，可作怎麼樣、為什麼、對於、如何、那裡……等義，卻無作「一邊……一邊……」的用例。

　　「那行路那唱歌」宜作「乃行路乃唱歌」。詩經大雅公劉：「乃場乃疆，乃積乃倉」，意思是「一邊整治田畔，一邊釐清地界，一邊積存食糧，一邊維修倉庫」。一般類書都將「乃……乃……」句中的「乃」當語首助詞，用以幫助語句之和諧勻稱，無實際意義，故語體文一般沒有譯出，其實當它指陳名詞時，如「乃聖乃神，乃文乃武」，確實無義，若指陳動詞時，剛好等於現代口語的「一邊……一邊……」，「乃行路乃唱歌」便是一個顯例。

0449　挐【若】

　　說話速度快，用河洛話來說，可以說「講話『ná（ㄋㄚ2）』機關銃」，這裡的ná（ㄋㄚ2）就是「好像」，有人寫做「挐」，這是不通的，「挐」字作持、誣、攪執、糅、拿解，是個標準動詞字，根本不具「好像」義。

　　ná（ㄋㄚ2）顯然是「若」字，奇怪的是大家卻不如此書寫，大概是以為「若」讀nā（ㄋㄚ7），不能讀ná（ㄋㄚ2），這很奇怪，漢字一字兩音，甚至多音，是極常見的事，何況集韻：「若，爾者切」，音jiá（ㄐㄧㄚ2）、ná（ㄋㄚ2），清清楚楚的，「若」就讀做ná（ㄋㄚ2），二調。

　　「若」字讀nā（ㄋㄚ7）時，作如果解；讀ná（ㄋㄚ2）時，作好像解，異讀得異義，如「他若有錢得去買衫」和「他若有錢人」，前句的「若」讀nā（ㄋㄚ7），作如果解，後句的「若」讀ná（ㄋㄚ2），作好像解。

　　另有「他ná（ㄋㄚ2）有錢買衫？」問句裡的「ná（ㄋㄚ2）」不是「若」，而是「那【哪】」，是個疑辭，作「何」義，換成今語即「那裡【哪裡】」。

橄欖孫 【家仍孫】

在以前講求五世其昌的年代裡，一個高壽老者往往子孫滿堂，有子有孫，有曾孫有玄孫，甚至有kan-á-sun（ㄍㄢ1-ㄚ2-ㄙㄨㄣ1） 【或稱kan-á-kan-sun（ㄍㄢ1-ㄚ2-ㄍㄢ1-ㄙㄨㄣ1）】，俗作「橄欖孫」 【或稱乾兒乾孫】，顯而易見的，這是因聲所造之詞，無據。

按孫輩的計輩有：孫、曾孫、玄孫 【元孫】、來孫、昆孫、仍孫、雲孫……，則「橄欖孫」實係「家仍孫」之誤，「乾兒乾孫」則純屬「乾兒孫」或「橄欖孫」所衍生之詞，錯得更離譜。

集韻：「耳，昆孫之子為耳孫，通做仍」，「耳ní（ㄋㄧ2）」與「仍naí（ㄋㄞ2）」音可通轉 【只差一個a（ㄚ）音】，雖韻書注「仍」為平聲，然說文：「仍，从人乃聲」，口語讀如乃naí（ㄋㄞ2）。

「家仍孫」應讀ka-naí-sun（ㄍㄚ1-ㄋㄞ2-ㄙㄨㄣ1），口語時，「家」字音尾a（ㄚ）與「仍」字音首n（ㄋ）結合成an（ㄢ），使「家仍」被讀成kan-á（ㄍㄢ1-ㄚ2），終被訛作「橄欖」。

0451　龍踦、龍騎【林蜻】

　　有動物叫「壁錢」者，屬蜘蛛類，體扁平，腹側有白紋，夜間徘徊壁上，補食蟲類，雌蟲於壁上作白色圓扁型巢以便產卵，因為巢大如錢，故以「壁錢」名，本草、事物異名錄皆有記載。

　　河洛話稱「壁錢」為nâ-giâ（ㄋㄚ5-ㄍ'ㄧㄚ5）或lâ-giâ（ㄌㄚ5-ㄍ'ㄧㄚ5），臺灣漢語辭典作「龍踦」、「龍騎」，潮汕方言十五：「馬龍踦、馬龍騎，或作猛龍踦，為長踦之一種，是物八足而高踦，狀如馬，如龍，故呼馬龍，或以行走迅速，狀貌威猛，故號猛龍，潮陽呼為勝枒，客人呼為羅咭，案蠰蛸長踦，陸機詩疏：一名長腳」。

　　不管龍踦、龍騎，或勝枒、羅咭、長腳，皆屬擬聲寫法，且「狀如馬，如龍……或以行走迅速，狀貌威猛……」，屬抽象描述，令人難以體會。

　　nâ-giâ（ㄋㄚ5-ㄍ'ㄧㄚ5）宜作「林蜻」，中文大辭典：「蜻，長足蜘蛛也」，本屬林中物，故名，與水蛙、土蚓、田螺、竹雞、苦楝牛【天牛】之命名道理同。

0452 企腳【僑腳、躡腳】

　　漢書高帝紀上：「日夜企而望歸」，注：「舉足而竦身」，文選歎逝賦：「望暘谷以企予」，注：「企，舉踵也」，河洛話說「提起腳跟」為nè-kha（ㄋㄝ3-ㄎㄚ1），或nì-kha（ㄋㄧ3-ㄎㄚ1），有作「企腳」，義可行，惟「企」讀khì（ㄎㄧ3），與nì（ㄋㄧ3）調同聲異，將「提起腳跟」寫做「企腳」，義合音不合。

　　有作「僑腳」，後漢書催寔傳：「烈時因傅母入錢五百萬，得為司徒，及拜日，天子臨軒，百僚畢會，帝顧謂親倖者曰：悔不小靳，可至千萬」，唐李賢注：「靳，固惜之也，或作僑」，說文：「僑，引為價也」，段注：「引，猶張大之，引為價，所謂預價也」，故「僑」作提高義，「僑價」即提高價錢，同理「僑腳」即提高腳跟，廣韻：「僑，於建切，音厭iàn（ㄧㄢ3）」，音轉nì（ㄋㄧ3）。

　　或可寫做眾所周知的「躡腳」，如躡手躡腳、躡步、躡足、躡級，「躡」皆作提起腳跟義，或站立【「躡」讀neh（ㄋㄝㄏ4）、nih（ㄋㄧㄏ4）】，或行走【「躡」讀liap（ㄌㄧㄚㄅ4）】，「躡」讀開口促音四調，與三調一樣，置前皆變二調，與口語音同。

0453　晾衫【攤衫】

　　張掛衣衫，或單單只為披掛，或為了便利吹風、曝曬，河洛話稱「披衫phi-saⁿ（ㄆㄧ1-ㄙㄚ1鼻音）」，廣雅釋註一：「披，張也」，「披衫」即張掛衣衫，河洛話亦稱「晾衫nî-saⁿ（ㄋㄧ5-ㄙㄚ1鼻音）」。

　　字彙補：「晾，曬暴也」，晾衫，曝曬衣衫也，惟字彙補：「晾，音亮，漾去聲」，讀liōng（ㄌㄧㄛㄥ7）、liāng（ㄌㄧㄤ7），聲根為「京kiaⁿ（ㄍㄧㄚ1鼻音）」，亦可白讀nā（ㄋㄚ7），河洛話今還保留此音，如「棉被披於大庭晾日」、「外衫披於竹篙晾日」，舊俗上巳日以紗葛衣出曝曰「晾夏」，六月六日曝曬書帙衣服曰「晾經會」，不過「晾」讀nā（ㄋㄚ7），不讀nî（ㄋㄧ5）。

　　nî-saⁿ（ㄋㄧ5-ㄙㄚ1鼻音），宜作「攤衫」，集韻：「攤，張也」，與「披衫」義同，即張掛衣衫。集韻：「攤，鄰知切」，讀lî（ㄌㄧ5），可音轉nî（ㄋㄧ5）。

　　俗i（ㄧ）、e（ㄝ）可互轉，如地、世、勢、西、謎、皮、嬰、鄭、持、病、罵……等，nî-saⁿ（ㄋㄧ5-ㄙㄚ1鼻音）俗亦讀nê-saⁿ（ㄋㄝ5-ㄙㄚ1鼻音）。

0454　但但【爾爾】

　　「而已」河洛話讀做jî-í（ㄐㄧ'－5－ㄧ2），另有說成niâ（ㄋㄧ－ㄚ5）、niā（ㄋㄧ－ㄚ7）或niā-niā（ㄋㄧ－ㄚ7-ㄋㄧ－ㄚ7）。

　　不管是niâ（ㄋㄧ－ㄚ5）、niā（ㄋㄧ－ㄚ7），還是niā-niā（ㄋㄧ－ㄚ7-ㄋㄧ－ㄚ7），其用字應該一樣，最後者屬疊詞，旨在加強語氣，有人將之寫做「但但」，按「但」作發聲詞，多冠於詞首或出現於詞中，作特、第、單、惟、徒義，不作語尾虛詞，將「三分鐘而已」寫做「三分鐘但」、「三分鐘但但」，不妥。

　　經傳釋詞七：「爾，猶而已也 【「而已」合讀即成「爾」】」，又曰：「爾，猶矣也」，「爾矣」遂成語詞，意思是「而已」，而「爾矣ní-ā（ㄋㄧ2-ㄚ7）」急讀即為niā（ㄋㄧ－ㄚ7）【口語亦有讀niâ（ㄋㄧ－ㄚ5）】，「爾ní（ㄋㄧ2）」口語遂亦讀niâ（ㄋㄧ－ㄚ5）、niā（ㄋㄧ－ㄚ7），作而已義，公羊僖卅一年：「不崇朝而遍雨乎天下者，唯太山爾」，晉書阮咸傳：「七月七日，咸以竿掛大犢鼻於庭，或怪之，答曰：『未能免俗，聊復爾爾』」，「爾」、「爾爾」即而已，前述「三分鐘而已」應作「三分鐘爾」、「三分鐘爾爾」。

0455　貓貓、獠獠【皺皺】

　　如果「貓貓」可以成詞，大概只有北京話語詞「躲貓貓」，不過河洛話倒也有「苦瓜皮貓貓」、「他的面貓貓」的說法，「貓貓niau-niau（ㄋㄧㄠ1-ㄋㄧㄠ1）」在此作狀詞，意思是皺皺的，衍伸作醜陋義，「皮貓貓」即表皮皺皺的不好看，「面貓貓」即臉皮皺皺的顯得醜陋難看。

　　「貓」是一種動物，牠和「皺」、「醜」似乎並無特殊關聯，如果有，恐怕一些愛貓人士會大聲抗議，而貓也恐怕要從人類的「寵物」名單中剔除。

　　有將「貓貓」寫做「獠獠」，按「獠」本為蠻族名，居荊州西南，以射生為活，後有用作辱罵語，如唐書褚遂良傳：「何不撲殺此獠」，多少含有醜陋義，但卻不具皺義，且集韻：「獠，鄰蕭切，音聊liâu（ㄌㄧㄠ5）」，讀五調，調不合。

　　「貓貓」、「獠獠」宜作「皺皺」，中文大辭典：「皺，皮有細摺之紋也」，如皺紋、皺月、皺眉、皺面、皺摺、皺澀，集韻：「皺，菑尤切」，讀tsiu（ㄐㄧㄨ1），口語多讀jiâu（ㄐㄧㄠ5），其實應讀一調，讀jiau（ㄐㄧㄠ1）、niau（ㄋㄧㄠ1）。

0456　狸【貓】

　　狸與貓似乎很難分辨。

　　玉篇：「狸，似貓」，正字通：「狸，野貓」，廣雅釋獸：「狸，貓也」，說文新附：「貓，狸屬」。至於字音，集韻：「狸，謨皆切」，正韻：「貓，謨交切」，音皆近bâ（ㄅ’ㄚ5），兩者音近義近，實難分辨。或因此，可各以新音互別，「狸」從豸里聲，口語讀lî（ㄌㄧ5），「貓」從豸苗聲，口語讀niau（ㄋㄧㄠ1）。

　　中文大辭典：「家狸，貓之異名」，意思是「家中飼養的狸，就叫做貓」，簡言之：「家狸稱貓，野貓稱狸」，這和「野鴿稱鳩，家鳩稱鴿」情況差不多，今為便於區別，野貓稱「狸bâ（ㄅ’ㄚ5）」，家狸稱「貓niau（ㄋㄧㄠ1）」。

　　妓女稱「烏貓o·-niau（ㆦ1-ㄋㄧㄠ1）」，或單稱「狸bâ（ㄅ’ㄚ5）」，老鴇稱「狸頭bâ-thâu（ㄅ’ㄚ5-ㄊㄠ5）」，動物有「金絲貓kim-si-niau（ㄍㄧㄇ1-ㄒㄧ1-ㄋㄧㄠ1）」、「果子狸kué-tsí-bâ（ㄍㄨㄝ2-ㄐㄧ2-ㄅ’ㄚ5）」。

　　唯「狸貓換太子」之「狸」音lî（ㄌㄧ5），「貓」音bâ（ㄅ’ㄚ5），算是特例。

0457 老鼠【鳥鼠】

　　老鼠、老虎、老鷹這三種動物名字前皆冠「老」字，這「老」字與「年老」無關，而且似乎不具意義，若將「老」字去除，詞義絲毫不變，「老鼠」＝「鼠」，「老虎」＝「虎」，「老鷹」＝「鷹」，「老」字乃標準衍字。

　　河洛話稱老鼠為鳥鼠niáu-tshí（ㄋㄧㄠ2-ㄘㄧ2），應源於人類早期鳥鼠不分，其一乃二者叫聲相仿，皆作吱吱聲，耳聞難辨，非得目視其形始能辨明，其二乃二者皆為害人類，一破壞農作，一破壞屋室，故二者並列，稱為「鳥鼠」，後來用來專稱「鼠」，北京話則稱「老鼠」，河洛話稱鼠tshí（ㄘㄧ2）。

　　人類早期亦貓虎不分，因貓虎形似，目視難辨，非得聞其吼叫始能辨明，故二者並稱「貓虎」，後用來專稱「虎」，北京話稱「老虎」，河洛話稱虎hó（ㄏㄛ2）。

　　鵃鷹亦是，兩者皆鷹屬，鉤嘴，性猛，外形相似，難以分辨，故二者並列，稱為「鵃鷹」，後來用來專稱「鷹」，北京話則稱「老鷹」，河洛話稱鷹ing（ㄧㄥ1）。

　　老鼠、老虎、老鷹的「老」源於「鳥」、「貓」、「鵃」，與「年老」無關。

0458 瞇目【撩目】

「眼睛眨動」和「眼睛挑動」不同，但因其河洛話說法極為相似，故不能不辨。

「眼睛眨動」稱「瞇目nih-bàk（ㄋㄧㄏ4-ㄅˊㄚㄍㄍ8）」，或音轉niauh-bàk（ㄋㄧㄠㄏ4-ㄅˊㄚㄍㄍ8）。「眼睛挑動」稱「撩目niàu-bàk（ㄋㄧㄠ3-ㄅˊㄚㄍㄍ8）」。

「瞇」讀開口促聲四調，「撩」讀三調，置前皆變二調，語音一樣，語意卻不同。

niauh（ㄋㄧㄠㄏ4），開合也，於眼曰「瞇目」，於口曰「瞇嘴niauh-tshuì（ㄋㄧㄠㄏ4-ㄘㄨㄟ3）」。

niàu（ㄋㄧㄠ3），挑動也，於眼曰「撩目」，於口曰「撩嘴」，於眉曰「撩眉」，於鼻曰「撩鼻」。

俗亦稱嘴角挑動為「撽嘴giauh-tshuì（ㄍˊㄧㄠㄏ4-ㄘㄨㄟ3）【或作噭嘴】」，廣韻：「撽，撥物也」，字彙：「撩，挑弄也」，二字皆有「挑動」義，惟成詞「撩情」、「撩逗」、「撩撥」、「撩戰」，「撩」皆可以「挑」代之，肌肉挑動寫做「撩」應優於「撽」。

總之，「目珠瞇咧瞇咧」與「目珠撩咧撩咧」不同，吾人不能不察。

0459

貓貓看【瞭瞭看】

「niau（ㄋㄧㄠ1）」這個音令我印象深刻，其一來自「抄無寮仔門」的「寮」字，因被訛讀成帶鼻音的「niau（ㄋㄧㄠ1）」，致使被訛寫為「抄無貓仔毛」。其二是「紛裡亂撩」的「撩」字也被當做「貓」，整句被訛寫為「花狸鹿貓」。其三也跟「貓」有關，那就是「貓貓看」。

河洛話說「貓貓看niau-niau-khuàⁿ（ㄋㄧㄠ1-ㄋㄧㄠ1-ㄎㄨㄚ3鼻音）」，意思不是貓兒在看，或是兩隻貓兒在看，也不是像貓一般的看，總之與貓無關，「貓貓看」意思是向遠方看，類似北京話語詞「企盼」、「瞭望」。

其實不是「貓貓看」，而是「瞭瞭看」，禽經：「瞭曰鶹」，注：「能遠視也」，成詞瞭哨、瞭望、瞭樓等，「瞭」皆作「遠看」解，後因能遠視，乃因目視清明，引申作目明、明瞭義，如瞭如指掌、瞭亮、瞭然、瞭解。

集韻：「瞭，憐蕭切，音聊liâu（ㄌㄧㄠ5）」，口語轉帶鼻音，讀做niâu（ㄋㄧㄠ5），作遠視義，置前與「貓」置前一樣，皆變七調，口語音相同。

0460 良嬭【郎奶、郎嬭、娘嬭】

　　河洛話稱「母親」為「母bú（ㄅㆍㄨ2）」，為「娘niâ（ㄋㄧㄚ5）」，為「嬭lé（ㄌㆤ2）」，不過也有稱niû-lé（ㄋㄧㄨ5-ㄌㆤ2）。

　　客座贅語：「福建以母為郎奶」，這「郎奶」即讀做niû-lé（ㄋㄧㄨ5-ㄌㆤ2）。廣雅釋親：「嬭，母也」，廣韻：「嬭，楚人呼母也」，正字通：「嬭，改作奶」，因此「郎奶」亦即「郎嬭」。

　　有將niû-lé（ㄋㄧㄨ5-ㄌㆤ2）寫做「良嬭」，如稱野孩子為「無良嬭的」，因「良」即好，「無良嬭的」意指沒有「好媽媽」管教的小孩，那沒有「壞媽媽」管教的小孩呢？包括在內嗎？好像並不包括在內，這和「無郎嬭的」不同，「無郎嬭的」泛指沒有媽媽管教的小孩，無關媽媽是好是壞，以是故，作「良嬭」，不妥。

　　niû-lé（ㄋㄧㄨ5-ㄌㆤ2）亦可作「娘嬭」，娘即嬭，嬭即娘，「娘嬭」是同義複詞，這和河洛話稱「哥哥」為「兄」，為「哥」，為「兄哥hiaⁿ-ko（ㄏㄧㄚ1鼻音-ㄍㆦ1）」的情形一樣。

0461　交圇【加隆、加長】

俗說：「秀，秀無十全；穤，穤無交圇」，意思是說「美，不會美到十全十美；醜，也不會醜到無以復加」，引伸事物無絕對的完美和醜惡。

「秀suí（ㄙㄨㄧ2）」即美，「穤bái（ㄅ'ㄞ2）」即醜，「十全tsa̍p-tsn̂g（ㄗㄚㆴ8-ㄗㄥ5）」與「交圇ka-nn̂g（ㄍㄚ1-ㄋㄥ5）」諧韻，作完整解。

有以為「交」字作河洛話詞頭時等同虛字，無義，如「交落【其實宜作「下落」】」、「交懍恂【「交」字非虛字，作交相解】」等，字彙：「圇，囫圇也」，俗書刊誤：「物完曰囫圇，與渾侖同義」，因「交」字無義，故「交圇」即「圇」，即囫圇，即渾侖，即完整，但「交」字無義之說實無根據。其實「交」可作俱、都義，國語越語中「君臣上下交得其志」即是，則「交圇」即俱【都】完整，「穤無交圇」的寫法可行。

臺灣漢語辭典作「加隆」，荀子禮論：「加隆焉，案使倍之」，音義皆通。

或亦可作「加長」，句子成為「秀，秀無十全；穤，穤無加長」，通俗而又簡明，只是「長tn̂g（ㄉㄥ5）」音轉nn̂g（ㄋㄥ5）。

0462 唾【涎】

　　河洛話說口水為「nuā（ㄋㄨㄚ7）」，不宜作「唾thò（ㄊㄜ3）」，應作「涎」。

　　按「涎」从氵延聲，廣韻：「延，于線切」，讀uāⁿ（ㄨㄚ7鼻音），作延伸解，韻會：「延，遷延也，淹久貌」，正是河洛話的「水延開【「延」讀thuàⁿ（ㄊㄨㄚ3鼻音）】」。

　　含「延」的字，韻書記錄如下【按：都讀uāⁿ（ㄨㄚ7鼻音）韻】：

　　加彳部，讀杜晏切，音憚；加口、虫、言、革等部，讀蕩旱切，音誕；加馬部，讀徒亶切；口語皆讀tuāⁿ（ㄉㄨㄚ7鼻音）。

　　加土、火、雨等部，讀延面切，音霰；加忄、糸等部，讀私箭切，音線；口語皆讀suàⁿ（ㄙㄨㄚ3鼻音）。

　　加女、宀、扌、犭、目、艹、竹、虫、衤、阝、金等部，讀夷然切，音延；加木、肉、魚等部，讀抽延切；口語皆讀thuàⁿ（ㄊㄨㄚ3鼻音）。

　　紅樓夢第三十回：「還這麼涎皮賴臉」，「涎皮賴臉」即「賴皮賴臉」，成語「死皮賴臉」亦作「死皮涎臉」，可見「涎」口語讀如賴luā（ㄋㄨㄚ7）、nuā（ㄋㄨㄚ7）。【廣韻：「涎，于線切」，讀uāⁿ（ㄨㄚ7鼻音），半鼻音轉全鼻音就讀做nuā（ㄋㄨㄚ）】

0463　懶爛【懶懶】

　　一個人懶散成性，將生活空間弄得雜亂不堪，我們會說那人「懶爛lám-nuā（ㄌㄚㄇ2-ㄋㄨㄚ7）」，或說那人「爛性nuā-sìng（ㄋㄨㄚ7-ㄒㄧㄥ3）」。

　　按說文：「爛，火孰也」，方言七：「爛，熟也，自河以北，趙魏之間，火熟曰爛」，後亦稱過熟為爛，如糜爛、爛糊糊；後引伸指舒縱不節，新方言釋言：「今人謂人舒縱不節曰爛」，懶爛、爛性、爛漫的「爛」就具有「舒縱不節」義。

　　按「懶」字讀lán（ㄌㄢ2）、lám（ㄌㄚㄇ2），因从忄賴聲，口語讀如賴luā（ㄌㄨㄚ7），音轉nuā（ㄋㄨㄚ7），因此「懶爛」原本應該是「懶懶」，「爛性」應為「懶性」。

　　「懶懶」讀成lám-nuā（ㄌㄚㄇ2-ㄋㄨㄚ7），疊字成詞，兩字卻兩讀，這樣的例子其實很多，例如「勸勸khuàn-khǹg（ㄎㄨㄢ3-ㄎㄥ3）」，「蓋蓋khàm-kuà（ㄎㄚㄇ3-ㄍㄨㄚ3）」，「擔擔taⁿ-tàⁿ（ㄉㄚ1鼻音-ㄉㄚ3鼻音）」，「接接tsih-tsiap（ㄐㄧㄏ4-ㄐㄧㄚㄅ4）」，「差差tshih-tshuáh（ㄑㄧㄏ8-ㄘㄨㄚㄏ8）」，「咼咼uai-ko（ㄨㄞ1-ㄍㄛ1）」，「事事tāi-tsì（ㄉㄞ7-ㄐㄧ3）」等。

0464 向望【仰望】

　　臺灣語典卷四：「向望，則期望。集韻：向，趨也；如志向、意向之類」。「向hiòng（ㄏㄧㄛㄥ3）」，可白讀ǹg（ㄥ3），如向東、向西、向山、向海……。「向望」乃趨而望之，非期望也。如柳宗元觀慶雲圖：「高標連汗漫，向望接虛無」，「向望」即向而觀望，非期望也。

　　「向望」俗亦略稱「向」，如「你死後向望他燒香點火」亦說成「你死後向他燒香點火」，「向」字則明顯欠妥，因「向」字作趨向義，整句話意思大不相同。

　　「向望」宜作「仰望」，「仰望」文言讀ióng-bōng（ㄧㄛㄥ2-ㄅㄛㄥ7），作仰頭上看解；白話讀ǹg-bāng（ㄥ3-ㄅㄤ7），作期望解，孟子離婁下：「良人者，所仰望而終身也」，續資治通鑑元武宗至大元年：「陛下縱不自愛，獨不思祖宗付託之重，天下仰望之切乎？」陳毅延安寶塔歌：「高聳入雲端，塔頂指方向，紅日照白雪，萬眾齊仰望」，以上「仰望」皆作期望義。

　　將「你死後仰望他燒香點火」說成「你死後仰他燒香點火」，是一樣的，都通。

0465 毱毲【快懟、快憞】

　　有一種人長期作無言狀，致使難與人溝通，或頑固使然，或心中埋藏不滿情緒使然，河洛話稱此種人ǹg-tīng（ㄥ3-ㄅㄥ7）【口語亦有說成ǹg-tīng（ㄥ3-ㄅㄥ3）】，臺灣漢語辭典作「毱毲」、「允蠢」、「混沌」、「渾敦」、「渾沌」、「鞅掌」、「朧腫」、「泱瀁」、「轀蠢」，義雖有可取處，聲調卻多有出入。

　　ǹg-tīng（ㄥ3-ㄅㄥ7）可作「快懟」，廣韻：「快，於亮切」，讀iòng（ㄧㄛㄥ3），可轉ǹg（ㄥ3），這和「央」、「秧」讀iong（ㄧㄛㄥ1），亦讀ng（ㄥ1），情況一樣。說文：「快，不服懟也」，一切經音義十八：「快，懟也，亦快快然不服也」。可見「快」於內即心中不滿，於外則作冷漠無言狀，俗說「快快不講話」即是。

　　「快快不講話」亦即ǹg-tīng（ㄥ3-ㄅㄥ7），ǹg-tīng（ㄥ3-ㄅㄥ7）應作「快懟」，為同義複詞，「懟」音tuī（ㄅㄨㄧ7），音轉tīng（ㄅㄥ7）。

　　有作「快憞」，廣韻：「憞，怨也」，說文：「懟，怨也」，廣韻：「憞，徒對切」，集韻：「懟，徒對切」，「憞」與「懟」音同義同，「快憞」即「快懟」。

舉義戈

0466 【揭硬篙、揭格篙、揭逆篙】

　　後漢書宗室四王三侯傳：「義戈乘風」，注：「以義舉兵，乘風雲之會也」，河洛話遂稱為正義而反抗為「舉義戈giàh-ngē-ko（ㄍ'ーㄚㄏ8-兀ㄝ7-ㄍㄛ1）」，然今人稱giàh-ngē-ko（ㄍ'ーㄚㄏ8-兀ㄝ7-ㄍㄛ1）作強硬反對義，無關正義，寫「舉義戈」似乎欠妥，如「近來他時常對我舉義戈【在此「舉義戈」作貶詞用，顯然「義」字用法欠妥】」。

　　既是「強硬反對」，則可作「揭硬篙」，揭giàh（ㄍ'ーㄚㄏ8），舉也，硬篙即堅硬之竹篙，「揭硬篙」即舉硬竹篙相對抗。

　　或亦可作「揭格篙」，格kéⁿh（ㄍㄝㄏ8鼻音），扞格不入也，乖也，不容也，敵也，皆對抗之勢。

　　或亦可作「揭逆篙」，逆kéⁿh（ㄍㄝㄏ8鼻音）【見廈門音新字典】，迕也，反也，不順也，叛逆也，亦對抗之勢也。

　　「義」、「硬」七調，「格」、「逆」八調，置前皆變三調，口語音相同。

　　俗有讀giàh（ㄍ'ーㄚㄏ8）為giâ（ㄍ'ーㄚ5），則應作「擎」，高舉也。

0467　惡【㦍】

　　吳師道送友人詩：「關山行路惡，文學賞音稀」，詩中「稀」為狀詞，作「少」解，「惡」也為狀詞，作「難行」解，口語讀做ò「（ㆢ3）」。

　　釋名釋言語：「惡，掝也。掝，困物也」，因物困受阻，致窒礙難行，行進緩慢，故「惡ò「（ㆢ3）」作「困難」或「受阻」解外，河洛話口語亦作「慢」、「遲」、「晚」義，如「你傷惡來，節目已經結束矣【你太晚來，節目已經結束了】」。

　　如此一來，「惡行」一詞則產生二讀二義現象，一為ok-hîng（ㆦㄍ4-ㄏㄧㄥ5），謂不善之行，如詩鄘風桑中美孟姜矣傳：「言世族在位，有是惡行」，新語明誠：「惡行著於身」，以上「惡行」皆讀ok-hîng（ㆦㄍ4-ㄏㄧㄥ5），指不善之行；一為ò-kiâⁿ（ㆢ3-ㄍㄧㄚ5鼻音），謂行走緩慢或行走較晚。

　　集韻：「惡，或从人」，中文大辭典：「㦍，惡之或字」，既然「惡」與「㦍」互通，將「惡ò「（ㆢ3）」寫做「㦍」，表示困難、受阻、緩慢、遲、晚等義，倒不失為可行的寫法，如他誠㦍來、他㦍讀冊九歲纔入學、他駛車誠㦍黃昏纔會假。

0468 鳳梨、旺梨【黃梨、王梨】

　　水果「鳳梨」河洛話說成ông-lâi（ㄛㄥ5-ㄌㄞ5），俗多作「王梨」、「旺梨」，雖「鳳hōng（ㄏㄛㄥ7）」、「王ông（ㄛㄥ5）」、「旺ōng（ㄛㄥ7）」音不同，卻相去不遠，尤其作「王梨」，不但聲音相仿，且氣象萬千，「王」字顯得氣魄！作「旺梨」，聲音也相近，且喜氣洋洋，「旺」字顯得吉祥！

　　鳳梨因冠芽似鳳羽，果肉色黃如梨而得名，又名波羅、王萊、黃萊、黃梨，原產南美巴西，十六世紀末傳至中國，後由早期先民從華南引入臺灣。

　　若此果原本稱為「hông-lâi（ㄏㄛㄥ5-ㄌㄞ5）」，則作「黃梨」佳於「鳳梨」；若此果原本稱為ông-lâi（ㄛㄥ5-ㄌㄞ5），則作「王梨」佳於「旺梨」。主因是「黃」、「王」讀五調，置前變七調，與口語音一樣，「鳳」、「旺」讀七調，置前變三調，與口語音不合，就聲調而言，「黃」、「王」優於「鳳」、「旺」。

　　鳳梨成熟之後方可食用，果肉色黃如梨，不但以「梨」名，且稱「黃梨」；或說鳳梨大而味美，有若梨中之王，故稱「王梨」，兩者皆合乎物事命名理趣。

0469　一員【一用】

　　臺灣漢語辭典：「一個曰一員tsit-ōng（ㄐㄧㄅ8-ㄛㄥ7），廣韻：貟，說文作員。物數也」。

　　按說文：「員，物數也」，段注：「數木曰枚曰梃，數竹曰箇，數絲曰絇曰總，數物曰員」，只是「員」作物數義時讀做uân（ㄨㄢ5）【廣韻：「員，王權切，音元」】，不讀七調，雖「員」可讀七調ūn（ㄨㄣ7）【廣韻：「員，王問切，音運」】，作姓氏用，集韻：「員，姓也」，韻會：「伍員，人名，後人慕之為姓」，通志氏族略以名為氏：「員氏，音運，亦作鄖、芊姓，楚伍員後也」，故將tsit-ōng（ㄐㄧㄅ8-ㄛㄥ7）作「一員」，義合音不合【「一員」成詞也，多用於人物或官員，不用於物，如詩經曹風：「賢者之身，充此徒中之一員耳」】。

　　「一員」宜作「一用」，傅子檢商賈：「士思其訓，農思其務，工思其用，賈思其常，是以用足而不匱，故一野不如一市，一市不如一朝，一朝不如一用，一用不如上息欲」，一用，即一種器用，同理，二用、三用即二種、三種器用，適以計器用數量。廣韻：「用，余頌切」讀iōng（ㄧㄛㄥ7），可轉ōng（ㄛㄥ7）。

0470 烏魯木齊【胡亂妄做】

「烏魯木齊」是個地名,是中國新疆省的省會,聽說它源於準噶爾蒙古語「紅廟子」之意,翻成現在維吾爾語的意思是「優美的牧場」,因地理位置的關係,這片美麗的牧場向來是天山南北兩路人馬爭奪的焦點,因之,「烏魯木齊」這四個字也暗含「爭鬥」義。

無獨有偶的,河洛話裡頭也有「烏魯木齊」的說法,意思和「烏白來」、「烏白做」相近,表示隨隨便便、馬馬虎虎、胡亂做事,例如「他一向烏魯木齊,你千萬不當請他做事事,若無你會後悔【「事事」讀做tāi-tsi(ㄉㄞ7-ㄐㄧ3)】」。

「烏魯木齊」,屬於蒙古語、維吾爾語、回族語,還屬於河洛話,唯獨河洛話語意天差地別,到底怎麼回事?是巧合?還是誤會一場。

河洛話o͘-lòk-bòk-tsè(ㄛ1-ㄌㄛㄍ8-ㄅㆨㄍ8-ㄗㄝ3),意思是胡作亂為,應該寫做「胡亂妄做」,這樣不管詞音還是詞義都通,如果寫做「烏魯木齊」,那就貽笑大方了,尤其新疆一帶的人看了,大概要大皺眉頭了。

0471 烏龍旋桌【胡亂說道】

　　「八peh（ㄅㆤㄏ4）」和「白pȩh（ㄅㆤㄏ8）」的河洛話語音十分相近，這不禁令人合理懷疑，成語「胡說八道」乃「胡說白道」之誤，「胡說白道」即「胡白道」，即「黑白道」，即「黑白說」，即河洛話說的「胡白講【或「烏白講」】」。

　　「胡白講」河洛話還有一種特殊的說法，叫做「烏龍旋桌o-liông-sȩh-toh（ㆦ1-ㄌㄧㆦㄥ5-ㄙㆤㄏ8-ㄅㆦㄏ4）」【這說法在臺灣南部相當普遍】，乍看乍聽之下，還真使人覺得，亂說話的人像一條烏龍，死纏爛繞，東拉西扯，在桌子邊大蓋特蓋，好像還有些獨特的趣味。

　　「烏龍旋桌」這寫法和說法是根本經不起檢驗的，它和「胡說八道」劃上等號，顯得非常無厘頭。

　　「烏龍旋桌」應寫做「胡亂說道」，「胡亂說道」讀做ô-luān-seh-tō（ㆦ5-ㄌㄨㄢ7-ㄙㆤㄏ4-ㄅㆦ7），訛轉o-liông-sȩh-toh（ㆦ1-ㄌㄧㆦㄥ5-ㄙㆤㄏ8-ㄅㆦㄏ4），寫法要比「烏龍旋桌」好，詞音和詞義都說得通。

0472　黑【烏、污、霘】

「肉jiòk（ㄐㄧ’ㄛㄍ8）」和「黑hik（ㄏㄧㄍ4）」都是入聲字，其訓讀的狀況卻大不相同，一般「肉」被訓讀為bah（ㄅㄚ’ㄏ4），但「黑」卻不被訓讀為o·（ㄛ1），主要原因是，常用字裡頭難尋字義與「肉」同，且可讀bah（ㄅㄚ’ㄏ4）的字，「肉」遂被訓讀bah（ㄅㄚ’ㄏ4），但常用字裡頭有「烏」字與「黑」同義，且讀做o·（ㄛ1），「黑」便無法訓讀o·（ㄛ1），無法取代「烏」字。

因為這個緣故，現在有很多讀做o·（ㄛ1），意思是「黑」的，便都寫做「烏」，如烏松、烏面祖師公、烏官、天烏烏、烏水溝等。

不過「污」也讀做o·（ㄛ1），作骯髒、不潔解，與「烏」異，「污官【貪污的官吏】」與「烏官【非編制內的官吏】」不同，「污水溝【水髒污之溝渠】」與「烏水溝【指澎湖附近海域之深海溝名】」不同，不能不察。

「霘」也讀做o·（ㄛ1），作雨貌，與「烏」、「污」異，「天霘霘【指雨雲密佈的天空】」、「天烏烏【夜裡昏暗的天空】」、「天污污【骯髒的天空】」，三者指稱各異，亦不能不察。

0473　瘦巴巴、瘦乏乏【瘠粑粑】

　　北京話用「瘦巴巴」形容瘦，用「窮巴巴」形容窮，這「巴巴」二字實與「瘦」、「窮」無關，此寫法應源自河洛話，因為河洛話形容「瘦」為「瘠粑粑sán-pa-pa（ㄙㄢ2-ㄅㄚ1-ㄅㄚ1）」，形容「窮」為「散粑粑sàn-pa-pa（ㄙㄢ3-ㄅㄚ1-ㄅㄚ1）」。

　　集韻：「粑，臘屬」，即乾肉，指曬乾之動物體，因乾瘠凹塌，故用以狀乾瘦、窮窘，以名詞作狀詞，如稱瘦者為「人粑」，稱極瘦為「瘠粑粑」，稱極窮為「散粑粑」。這和名詞「脯pó（ㄅㄛ2）」差不多，「脯」亦乾肉也，如肉脯，後亦稱果蔬之乾者，如菜脯，因乾瘠缺水，亦用以狀乾瘦、窮窘，以名詞作狀詞用，如稱瘦者為「人脯」，稱極瘦為「瘠脯脯」，稱極窮為「散脯脯」。

　　「瘠粑粑」俗亦說「瘠比粑sán-pî-pa（ㄙㄢ2-ㄅㄧ5-ㄅㄚ1）」，比，比況也，類近也，「瘠比粑」即瘦得有如【或接近】人粑，廣韻：「比，房脂切，音毗pî（ㄅㄧ5）」。有寫「瘠粑粑」為「瘦乏乏」，寫「瘠比粑」為「瘦疲乏」，義可通，但韻書注「瘦」讀一、三調、「乏」讀八調，調不合。

0474 把結【巴結】

　　「巴結」是北京話語詞，也是河洛話語詞，河洛話說成pa-kiat（ㄅㄚ1-ㄍㄧㄚㄅ4），作奉承、討好解，與北京話用法一樣，例如兒女英雄傳第廿四回：「憑你怎的巴結他，他怎肯忍心害理的違天行事？」換成河洛話則為「憑你何若巴結他，他怎會忍心害理逆天行事？」【「何若」讀做á-ná（ㄚ2-ㄋㄚ2），俗多作「安怎án-tsuáⁿ（ㄢ2-ㄗㄨㄚ2鼻音）」，其實「安」讀一調，不讀二調，調不合，見0003篇】。

　　河洛話「勉人盡力忍耐或行事」亦說pa-kiat（ㄅㄚ1-ㄍㄧㄚㄅ4），與「巴結」音同，為避混淆，有作「把結」，謂把持結實狀，引申作勉力義，和時下流行語「弓king（ㄍㄧㄥ1）」意思相近，其實倒不必刻意寫做「把結」，因「巴結」除作奉承、討好解，亦作勉力、勉強、勤奮解，如劉庭信折桂令憶別曲：「篤篤寞寞終歲巴結，孤孤另另徹夜咨嗟」，紅樓夢第六十四回：「若說一二百，奴才還可巴結，這五六百，奴才一時哪裡辦得來？」紅樓夢第一一八回：「但願他從此一心巴結正路，把從前那些邪魔永不沾染，就是好了」，巴結，即勉力、勉強、勤奮。

0475 兇巴巴【兇霸霸、兇暴暴】

　　大概因為有「巴望」一詞，「眼巴巴」詞中「巴巴」兩字便不至於令人覺得奇怪。但形容非常兇暴的「兇巴巴」，詞中的「巴巴」兩字，卻不是這樣，它令人覺得十分突兀，十分牽強。

　　河洛話說「兇巴巴」為hiong-pà-pà（ㄏㄧㄛㄥ1-ㄅㄚ3-ㄅㄚ3），北京話將pà-pà（ㄅㄚ3-ㄅㄚ3）翻寫為「巴巴」，只能算是記音寫法，這「巴巴」二字在意義方面，並不能彰顯或增強「兇」的感覺和效果，實不合疊詞原理。

　　有人將hiong-pà-pà（ㄏㄧㄛㄥ1-ㄅㄚ3-ㄅㄚ3）寫做「兇霸霸」，疊用兩個「霸pà（ㄅㄚ3）」字以增強「兇」的感覺和效果，當然可行。

　　寫做「兇暴暴」亦可，因為「兇暴」本就成詞，疊用兩個「暴」字適足以增強「兇暴」的感覺和效果。「暴」俗白讀pà（ㄅㄚ3），如惡暴、虎生暴兒、橫暴。

　　另有與「兇暴暴」義近的「橫霸霸」、「橫暴暴」，如果像「兇巴巴」一樣，寫做「橫巴巴」，其突兀牽強的缺點便越發明顯了。

0476 虎生豹兒、虎生百兒【虎生暴兒】

俗話說：「龍生龍子，虎生豹兒【「龍子」讀做liông-tsú（ㄌ一ㄛㄥ5-ㄗㄨ2），「豹兒」讀做pà-jî（ㄅㄚ3-ㄐ'一5）】」，意思是說有怎樣的上一代，就有怎樣的下一代，世代傳承，自有理緒，不會「種匏仔生菜瓜」。

龍生龍子，那當然，虎生豹兒？卻絕不可能，虎和豹不同物種，怎可能虎生出豹來，因之有以為「豹」字寫法有誤，應寫做「虎生百兒【「百」讀pah（ㄅㄚㄏ4），與「豹」一樣，置前皆變二調，口語音相同】」，這也不可能，獅虎豹熊這類兇猛殘暴的肉食動物，如果一胎生百兒，地球生態恐怕將是浩劫，食物鏈將產生意想不到的大變化。

「虎生豹兒」、「虎生百兒」皆不宜，應該寫做「虎生暴兒」，言虎子雖幼，秉承父性，亦兇暴可怕，這「暴」字讀pà（ㄅㄚ3），如惡暴、兇暴、橫暴、兇暴暴、橫暴暴。

北京話稱兇暴女子為「母老虎」，河洛話則稱「虎暴母」【「暴」亦讀pà（ㄅㄚ3）】，河洛話多了狀詞「暴」，要比北京話生動多了，俗作「虎豹母」，是訛誤的寫法。

0477　百景裙【襞襉裙、積襉裙】

　　裙類衣物成多褶疊狀者，河洛話稱「百景裙pah-kíng-kûn（ㄅㄚㄏ4-ㄍㄧㄥ2-ㄍㄨㄣ5）」，北京話稱為「百褶裙」。「百」為量詞，在此作狀詞，喻摺皺極多，有其道理，但「景」字實在無理，只能說是記音寫法，義不足取。

　　「景」宜作「襉」，集韻：「襉，裙幅相襇」，指裙幅相疊的現象，河洛話今仍有「襉襉【即摺皺】liap-kíng（ㄌㄧㄚㄅ4-ㄍㄧㄥ2）」的說法。

　　其實，「百褶裙」原無「多襇襉」義，pah（ㄅㄚㄏ4）並非「百」，而是「襞」，作疊衣解，廣韻：「襞，必益切，音璧pik（ㄅㄧㄍ4）」，亦可讀pah（ㄅㄚㄏ4），這和「百」字兼讀pik（ㄅㄧㄍ4）、pah（ㄅㄚㄏ4）兩音，道理一樣。

　　「襞襉裙」或原作「積襉裙」，史記司馬相如傳：「襞積褰縐」，索隱：「襞積，今之帬襇」，王先謙補注：「襞積，狀衣之摺疊……，先謙案，積猶辟也，以素為裳，辟壓其要中，謂帬要摺疊處也」，「積」亦作「襀」，音tsik（ㄐㄧㄍ4），猶辟（襞）也，與襞pik（ㄅㄧㄍ4）音近。

搖擺、嚻廬、嚻貝
0478 【嚻輩、嚻怌、嚻詖】

　　言人得意忘形或過分招搖、誇耀，河洛話說hiau-pai（ㄏㄧㄠ1-ㄅㄞ1），臺灣漢語辭典作「搖擺」，以人肢體搖來擺去狀得意忘形，「搖擺」讀iô-pái（ㄧㄜ5-ㄅㄞ2）時為動詞，作「搖來擺去」義；讀hiau-pai（ㄏㄧㄠ1-ㄅㄞ1）為狀詞，作「得意忘形」義，乃二讀而得二義的詞例之一。

　　高階標準臺語字典作「嚻廬」、「嚻貝」，嚻【原作嫐】，喧吵也，廬、貝，女陰也，本是罵女人的話。

　　今hiau-pai（ㄏㄧㄠ1-ㄅㄞ1）為泛詞，不分性別，應可作「嚻輩」，指嚻張之輩，雖韻書注「輩」三調，俗卻白讀平聲，如小輩的「輩」讀pue（ㄅㄨㄝ1）【按「輩」以「非」為聲根，和「啡pi（ㄅㄧ1）」、「悲pi（ㄅㄧ1）」一樣，可白讀pi（ㄅㄧ1），再轉pai（ㄅㄞ1）】。

　　或可作「嚻怌」、「嚻恔」、「嚻詖」，嚻，嚻張也；怌，驕慢也；詖【同恔】，不正之言也；總之，指行為嚻張驕慢，言語誇耀不正。「怌【敷悲切】」、「恔【敷羈切】」、「詖【敷羈切】」皆讀pi（ㄅㄧ1），可轉pai（ㄅㄞ1）。

0479 石碑、墓碑【石牌、墓牌】

　　廣韻：「牌，步皆切，音排pâi（ㄆㄞ5）」，本義作「牌榜」解，即題署於門上或門側之大匾，多以木板為之，故从片，又以卑為碑之省文，牌形似碑，故从卑聲，舉凡片狀之物，如寬而扁平的「牌匾」，題記戶籍的「門牌」，商店揭示字號的「招牌」，金銀製作以為符信的「金牌」、「銀牌」，戰時士兵持以自衛的「盾牌」，甚至做為娛樂賭博的「紙牌」、「骨牌」，供活者追思與祭拜的「神主牌」，林林總總，不勝枚舉。

　　廣韻：「碑，彼為切，音陂pi（ㄅㄧ1）」，本義作「豎石」解，古時宮中立碑以識日影，宗廟立碑以繫祭牲，墓所立碑以下棺槨，大都豎石為之，故从石，又以卑有低下之意，最初之碑，為豎低石以便事者，故从卑聲。

　　可見「牌」與「碑」義有近似處，聲調卻不同，不容混用，如「石牌」與「石碑」、「墓牌」與「墓碑」，讀音判然有別，有論者將「石碑」、「墓碑」的「碑」讀做pâi（ㄆㄞ5）（以為「石牌」、「墓牌」寫法不妥），實無此必要。

0480 竹排【竹箄、竹簰】

竹筏乃早期水上交通工具，河洛話稱「竹排tik-pâi（ㄉㄧㄍ4-ㄅㄞ5）」。

乍看之下，「竹排」造詞似乎成理，將竹子排列、固定，不即是竹筏？

其實，「竹排」宜作「竹箄」、「竹簰」，集韻：「大浮曰簰」，後漢書岑彭傳：「公孫述遣其將將數萬人，乘枋箄下江關」，注曰：「枋箄，以木竹為之，浮於水上」，東觀漢紀張堪傳：「乃選擇水軍三百人，斬竹為箄渡水，遂免難」，後漢書鄧訓傳：「縫革為船，置於箄上以渡河」，李賢注：「箄，筏也」，後漢書西南夷哀牢夷傳：「建武二十三年，其王賢栗遣兵乘箄船，南下江漢」，注：「縛竹木為箄，以當船也」。而集韻：「箄【簰】，蒲街切，音牌pâi（ㄅㄞ5）」。

可見「箄」原為竹造，故從竹，稱箄、箄仔、箄船、竹箄，後來有以木造箄，亦稱箄、箄仔、箄船，或稱枋箄【「枋」讀pang（ㄅㄤ1），即木板】，以材質做命名依據，今之塑膠箄、橡奶箄，亦以造箄材質命名。

「箄」、「箄仔」是通稱，作「排」、「排仔」則不妥，竹筏不宜寫做「竹排」。

0481 範勢【面勢】

　　「情勢」的河洛話有說成「範勢pān-sè（ㄅㄢ7-ㄙㄝ3）」，簡說「範」，或「勢」。

　　「範」音huān（ㄏㄨㄢ7），可轉pān（ㄅㄢ7），作法則、標準解，跟板樣的「板pán（ㄅㄢ2）」義近，指一種標準模式，故「範勢」和「板勢」可視同等義，作「標準的形勢」解，與「情勢」的意思並不相同。

　　「式」口語亦讀sè（ㄙㄝ3），如款式、把式【「把」白讀bé（ㄅㄝ2），俗訛作馬勢】的「式」，若寫做「範式」、「板式」，意思為「標準的模式」，也與「情勢」的意思不同。

　　其實「情勢」的河洛話也說成「勢面sè-bīn（ㄙㄝ3-ㄅ'ㄧㄣ7）」，其倒語「面勢」口語可讀pān-sè（ㄅㄢ7-ㄙㄝ3）。

　　諸如瓶、陳、鱗、楨、般、曼、饅等，韻部皆有in（ㄧㄣ）轉an（ㄢ）的現象，「面bīn（ㄅ'ㄧㄣ7）」音轉bān（ㄅ'ㄢ7）再轉pān（ㄅㄢ7）是說得通的，故pān-sè（ㄅㄢ7-ㄙㄝ3）可寫做「面勢」，造句如「年底的選舉，執政黨的面勢較好」、「看面勢無好，他早就走矣」。將「面勢」簡說「面」、「勢」，亦通。

0482 品、方、板【範】

　　「樣」具有法式、樣式、形狀、種類、品位的意思，與「品」、「方」、「板」、「模」、「範」等字有類似之處。

　　河洛話說pān（ㄅㄢ7），意思相當於「樣」字，可惜「樣」讀iūⁿ（ㄧㄨ7鼻音），不讀pān（ㄅㄢ7）。

　　「品phín（ㄆㄧㄣ2）」、「方png（ㄅㄥ1）」、「板【或版】pán（ㄅㄢ2）」三字聲母都在雙唇音p（ㄅ）、ph（ㄆ），韻母都收在n（ㄣ）、收ng（ㄥ）等聲隨韻母，音轉後都可讀成pan（ㄅㄢ）音，可惜調不合。

　　廣韻：「範，房啖切，音犯huān（ㄏㄨㄢ7）」，因「房」亦讀p（ㄅ）聲母【如洞房的「房」讀pông（ㄅㆲ5）】，故「範」亦可讀pān（ㄅㄢ7），音義最合，應屬最佳寫法，如大之模樣稱「大範」，小的模樣稱「細範」，有模有樣稱「有範」，無模無樣稱「無範」，人的外表樣子稱「人範」，三種茶樣稱「三範茶」，上級茶樣稱「頂範茶」，中級茶樣稱「中範茶」，下級茶樣稱「下範茶」。

0483　柴板【柴枋】

　　楓，木名，楓木也，河洛話讀做hong（ㄏㆲ1）、png（ㄅ
ㄥ1），臺灣有兩個地方因「楓」得名，在北有「楓橋」，在南
有「楓寮」，後因「楓png1（ㄅㄥ1）」的口語音轉pang（ㄅㅊ
1），今已不寫「楓」字，「楓橋」今作「板橋」，「楓寮」今
作「枋寮」，問題來了，pang（ㄅㅊ1）是寫做板橋的「板」呢？
還是枋寮的「枋」呢？

　　河洛話說木板為pang（ㄅㅊ1），宜作「枋」，不宜作
「板」，玉篇：「板，木片也」，後漢書岑彭傳：「乘枋箄下江
關」，「枋箄」即指以木片製成的船筏，枋，指木片，「枋」、
「板」作木片義時，僅能以音區別【這和「碑」、「牌」的情形很相似，
見0479篇】，枋，分房切，白讀pang（ㄅㅊ1）；板，布綰切，讀做
pán（ㄅㄢ2）。

　　故，枋pang（ㄅㅊ1），木片也，如柴枋、棧枋、夾枋、木
心枋、棺材枋……；板pán（ㄅㄢ2），亦木片也，如奏板、床
板、原板、板本……。

　　民間所謂「生贏雞酒芳，生輸四片枋」，言早前醫療不發
達，孕婦產子順利可吃麻油雞【參了米酒頭】進補，不順利往往難
產死去，被放進棺材裡埋葬，遭遇天差地別。

0484

相竝伴、相徬伴、相傍伴
【相放伴、相伴伴】

　　人與人相互作伴，河洛話說sio-pàng-phuāⁿ（ㄒㄧㆤ1-ㄅㄤ3-ㄆㄨㄚ7鼻音），俗作「相放伴」，例如時下所謂「放伴洗身軀【相邀洗澡】」。

　　臺灣漢語辭典作「相竝伴」，說文：「竝，併也，从二立」，正字通：「竝，與人同處也，別作伴」，說文通訓定聲：「竝，假借為徬」，集韻：「徬，或从彳」，可見「竝」與「伴」、「徬」、「傍」同，皆作依伴義。但就字音而言，集韻注「竝」、「徬」、「傍」皆為「蒲浪切」，讀pōng（ㄅㆦㄥ7），注「伴」為「普半切，音判phuàⁿ（ㄆㄨㄚ3鼻音）」，若兼顧音義，則作「相伴伴」為佳，只是第一個「伴phuàⁿ（ㄆㄨㄚ3鼻音）」須音轉讀pàng（ㄅㄤ3）。

　　其實俗作「相放伴」更佳【無須音轉，「放」即讀做pàng（ㄅㄤ3）】，說文通訓定聲：「放，假借為徬」，廣雅釋詁四：「放，依也」，論語里仁：「放於利而行」，周禮天官食醫：「凡君子之食，恆放焉」，國語楚語下：「民無所放」，以上「放」皆作依義，成詞放上、放依、放風，「放」亦皆作依解。

0485 　　平並【平平】

　　河洛話說pêⁿ-pāng（ㄅㄝ5鼻音-ㄅㄤ7），或指實物之平實穩當，或稱處事之穩妥適當，若以平妥、平穩、平帖、平當、平端、平實等詞與之對應，義或同或近，但是音皆不相符。

　　高階標準臺語字典：「並，拱的意思，也寫作傍。例平並（植粗柱，四面用同質量的硬物體或砂土拱實，使不動搖不偏不傾；或放一張大桌子，一腳懸空不穩，墊實使平準平衡；或鋪路磚，底下墊得結實平準平衡，以免一腳踩下去前後左右動搖甚至翹起；或放置橋板，使四平八穩……；凡此皆謂之平並）」，義取相互依傍而使物平實穩定，「並píng（ㄅㄧㄥ7）」則音轉pāng（ㄅㄤ7）。

　　臺灣漢語辭典作「平平」，以為係兩讀疊用之詞，可惜未作讀音相關說明。按「平平」成詞也，作普通、平常、均平、公允、治理有序、安詳嫻熟解，詩曰：「平平左右，亦是率從」，漢書敘傳下：「敞亦平平，文雅自讚」，顏師古注：「平讀曰便pián（ㄅㄧㄢ7）」，而pián（ㄅㄧㄢ7）可音轉pāng（ㄅㄤ7）。

0486

捌、畢【曾】

　　河洛話把「曾經」說成單音「pat（ㄅㄚㄅ4）」，例如「我曾經去台北」，說成「我『pat（ㄅㄚㄅ4）』去台北」。

　　有人將pat（ㄅㄚㄅ4）寫做「捌」，上述例句即成「我捌去台北」，按「捌」本為無齒杷，與扒同，或作擊破義，今借為「八」的大寫，自始至終皆無「曾經」義，將「曾經」寫做「捌」，應屬同聲假借的記音寫法。

　　或將pat（ㄅㄚㄅ4）寫做「畢」，廣雅釋詁三：「畢，竟也」，集韻：「畢，一曰終也」，因有終竟之義，引為曾經，而「畢」音pit（ㄅㄧㄅ4），與pat（ㄅㄚㄅ4）調同音近，要比「捌」字為佳。

　　pat（ㄅㄚㄅ4）或可直書「曾」，按韻書注「曾」讀tsing（ㄐㄧㄥ）音一、五調，不讀pat（ㄅㄚㄅ4），然以「曾會」二字形近，後借作時間複詞，「曾」用於過去，「會」用於未來，「會」字上方為「亼」，「曾」字上方為「八」，口語音或以「八pat（ㄅㄚㄅ4）」為聲根，讀「曾」為pat（ㄅㄚㄅ4）。

0487　三八【撒潑】

　　國曆三月八日稱「國際婦女紀念日」，或稱「三八婦女節」，但奇怪的是，不管北京話「三八」，還是河洛話「三八sam-pat（ㄙㄚㄇl-ㄅㄚㄅ4）」，都是專用於女人的語詞，而且還是標準的消極貶義詞，意在指稱女子撒潑、不正經等作為及形態，照說一九二四年我們跟隨國際慣例，訂定三月八日為「婦女節」，婦女同胞應該同聲反對才對，因為「三八」二字具有明顯的諷刺及歧視女人的意涵。

　　「三」、「八」皆數字也，何以「三八」卻用來形容女子撒潑及不正經？這應與「撒潑」一詞有關，中文大辭典：「俗謂人悍橫無賴曰撒潑」，「撒潑」讀做sat-phuat（ㄙㄚㄅ4-ㄆㄨㄚㄅ4），與「三八sam-pat（ㄙㄚㄇl-ㄅㄚㄅ4）」聲音相近，遂被訛作「三八」。

　　有一種像撒潑女子般潑辣狂暴的大雨，大家戲稱為「撒潑雨」，後來被稱為「三八雨」，被稱為「西北雨」，說不定哪天會被稱為「獅豹雨」、「使暴雨」、「施暴雨」、「屎潑雨」哩。

0488

劀開【扒開】

　　「八」是個古老的字，左右各一劃，彼此分開互不相連，本義為「分」，後加「刀」成「分」，其實「八」乃「分」的本字。

　　「八」音pat（ㄅㄚㄉ4），白讀peh（ㄅㄝㄏ4），臺灣語典卷一：「八，識也，能辨別也。說文：八，別也；像分別相背之形。按八為倉頡初文；逮今五千年，中國久已不用，而臺灣獨存其語，音義不爽」。

　　漢字由簡而繁，衍生自有其方法，「八」作識解時讀pat（ㄅㄚㄉ4），衍生白、別、辨等字；讀peh（ㄅㄝㄏ4）時，以「八」為聲根，亦衍生扒、趴……等。

　　其中「趴peh（ㄅㄝㄏ4）」作爬上爬下解，符合足部字的造字精神，如趴山、趴樓梯；「扒peh（ㄅㄝㄏ4）」作扳開解，符合手部字的造字精神，如扒柑仔、扒柚仔……，然臺灣語典卷一：「劀，以手剖物也。說文：劀，判也」，中文大辭典：「劀，副之籀文」，故劀即副，從刀畐聲，作刀剖義，與用手扳開的「扒」並不相同，實不可相混。

0489　爬【趴】

　　「趴」顯然是個後造字，韻書未曾收錄，中文大辭典「趴」字條下，釋義凡三：「一、搔也。二、伏也。三、登也」。故就字義而言，「趴」字相當於：一、爬pê（ㄅㄝ5），以五指搔之也。二、伏phak（ㄆㄚ《4）【或作「匐」】，伏地也。三、趴peh（ㄅㄝㄏ4），登也。

　　「登山」北京話說「爬山」，河洛話卻不寫「爬山」，因河洛話「爬」作手行義，如嬰孩手腳並用於地上爬行。因之，河洛話的「爬pê（ㄅㄝ5）」和「趴peh（ㄅㄝㄏ4）」意義不同，「爬」為水平方向的移動，如爬出爬入、爬來爬去、爬龍船。「趴」為上下方向的移動，如趴山、趴樓梯、趴去樹頂、龜趴壁。

　　北京話的「趴下來」，相當於河洛話的「伏落來」；河洛話的「趴落來」，相當於北京話的「爬下來」，北京話和河洛話的用字是有差異的。

　　臺灣語典將peh（ㄅㄝㄏ4）寫做「跁」，按「跁」作越、走貌、風入水貌義，非「登」也，將登山作「跁山」，登樓作「跁樓」，並不妥當。

0490 八扳、迫逼【迫繃】

　　為證明河洛話是古老語言，總有人舉「八」為例，說文：「八，別也，象分別相背之形」，而河洛話說「知道」、「了解」為「八pat（ㄅㄚㄉ4）」，即是顯例。

　　「八」亦讀peh（ㄅㄝ4），亦分開也，以手將物分開即稱「八開【今作扒開】」。河洛話稱生計艱困或處境窘迫為peh-piⁿ（ㄅㄝㄏ4-ㄅㄧ1鼻音）【或peh-peⁿ（ㄅㄝㄏ4-ㄅㄝ1鼻音）】，有作「八扳【或扒扳】」，以「八」、「扳」兩個動作代表勤奮做事，進而引伸生計艱困或處境窘迫，誠屬自臆之說。

　　有作「迫逼」，亦即「逼迫」之倒語，狀處境迫促難伸，按「迫pik（ㄅㄧㄍ4）」口語確實可讀peh（ㄅㄝㄏ4），如胸口有促迫難舒的感覺稱「胸坎迫著咧」，強將秘密積於心中稱「秘密迫【憋】於心內」，不過廣韻：「逼，彼側切」，讀pik（ㄅㄧㄍ4），屬入聲字，不讀平聲一調，調不合。

　　應作「迫繃」，作迫促緊繃解，亦狀處境窘迫艱難，詞構與迫促、迫窘、迫束、迫狹、迫猝一樣，「繃」白話讀piⁿ（ㄅㄧ1鼻音）、peⁿ（ㄅㄝ1鼻音）。

0491 橫羆豹【橫比豹、橫譬豹】

河洛話說「蠻橫」為huâiⁿ-pì-pà（ㄏㄨㄞ5鼻音-ㄅㄧ3-ㄅㄚ3），有作「橫羆豹」，謂蠻橫如羆與豹，義可行，但「羆」讀pi（ㄅㄧ）一或五調，屬平聲字，調不合。

「羆豹」前亦可加「紛hue（ㄏㄨㄝ1）」或「繚niâu（ㄋㄧㄠ5）」，俗說「紛羆豹」、「繚羆豹」，皆作紛亂義，以為豹斑紛亂，故以「豹」狀「紛」、「繚」，似乎合理，但說文：「羆，如熊，黃白文」，似乎無關「紛」、「繚」，以「紛羆豹」、「繚羆豹」表示紛亂，並不妥當。

「橫」、「紛」、「繚」三者與「豹」之間存有明確之比況關係，既可比況，即可稱「比」，稱「譬」，史記天官殊：「太白，白比狼，赤比心，黃比參」，比，類也。漢張衡西京賦：「譬眾星之環極」，譬，比方也。「比」音pì（ㄅㄧ3）【高階標準臺語字典：「比pī（ㄅㄧ7），應該讀pi（ㄅㄧ3）」】，「譬」音phì（ㄆㄧ3），音調皆合。

蠻橫如豹即「橫比豹」、「橫譬豹」，紛亂如豹斑即「紛比豹」、「紛譬豹」，繚亂如豹斑即「繚比豹」、「繚譬豹」，皆屬合理之造詞。

0492 橫譬豹【橫比暴、橫比霸、橫愎暴、橫愎霸】

　　河洛話說「蠻橫」為「橫huâiⁿ（ㄏㄨㄞ5鼻音）」、「橫豹huâiⁿ-pà（ㄏㄨㄞ5鼻音-ㄅㄚ3）」、「橫豹豹」或「橫譬豹」，後三者皆取「蠻橫如豹」義。

　　「橫豹」亦可作「橫暴」、「橫霸」，詞義甚明。按「暴」俗白讀pà（ㄅㄚ3），或由pò（ㄅㄛ3）轉來【俗稱颱風為「暴pò（ㄅㄛ3）」，如媽祖生暴、暴頭、暴尾】，如惡暴、兇暴、虎生暴兒。而「霸」讀pà（ㄅㄚ3），甚為明確。

　　「橫」、「暴」、「霸」乃義近狀詞，則pì（ㄅㄧ3）【或pih（ㄅㄧㄏ4），置前時，與pì（ㄅㄧ3）一樣，變二調】宜為連接虛詞，或與「橫」、「暴」、「霸」義近之狀詞。

　　pì（ㄅㄧ3）若是連接虛詞，則應為「比」，比，近密也，相接也、排比也，故「橫比暴」即為「橫與暴」，廣韻：「比，毗至切，音避pī（ㄅㄧ7）」，然高階標準臺語字典：「比pī（ㄅㄧ7），應該讀pì（ㄅㄧ3）」。

　　pì（ㄅㄧ3）若是與「橫」、「暴」、「霸」義近之狀詞，則宜作「愎」，愎，很【狠】也，戾也，與橫、暴、霸義近，廣韻：「愎，弼力切」，可讀pih（ㄅㄧㄏ4）。

278

0493 閉俗【避羞、閉羞、蔽羞】

時下有流行語「閉俗」一詞，它直接翻讀河洛話pì-sù（ㄅㄧ3-ㄙㄨ3）而成，算是臺灣國語新詞彙。

河洛話「pì-sù（ㄅㄧ3-ㄙㄨ3）」意指保守、害羞、畏生的行為模式，不宜作「閉俗」，因「俗siok（ㄒㄧㄛㄍ8）」字音及字義皆不合。

劉孝綽詩：「迴羞出曼臉，送態入嚬蛾」，因漢儒解經後，同義複詞大行其道，迴者避也，避者迴也，不但「迴避」成詞，「迴羞」也等同「避羞」，「避羞」的河洛話即讀pì-sù（ㄅㄧ3-ㄙㄨ3），避羞，因害羞而多所迴避也，正是保守、害羞、畏生的一種行為模式。

成語「閉月羞花」，以月為之閉，花為之羞，狀女子之美，「閉」、「羞」相對成趣，若結合成詞，「閉羞」正所謂pì-sù（ㄅㄧ3-ㄙㄨ3）。

辭海：「按文選曹植洛神賦：髣髴兮若輕雲之蔽月。李白西施詩：秀色掩今古，荷花羞玉顏。知此語習用已久，蔽月即閉月也」，可見「閉羞」作「蔽羞」亦可。

0494　一脬【一排、一脾】

　　河洛話說「一串香蕉」為「一『pî（ㄅㄧ5）』弓蕉」，量詞「pî（ㄅㄧ5）」除用於香蕉，亦見用於烏魚子、油魚子、魚卵、魚膘，其餘似乎少見。

　　這「一pî（ㄅㄧ5）」可寫做「一排」。

　　「排」俗讀pâi（ㄅㄞ5），作量詞，如一排桌仔、一排樹仔；但亦可讀pî（ㄅㄧ5），如一排弓蕉、一排烏魚子，它與pâi（ㄅㄞ5）只差一個a（ㄚ）音，這和「采」可讀tshái（ㄘㄞ2）和tshí（ㄘㄧ2）情形一樣，何況「排」含聲根「非」，與含聲根「非」的形聲字像「啡」、「悲」等一樣，口語都讀pi（ㄅㄧ）音，故「排」口語可讀pî（ㄅㄧ5）。

　　若說量詞借自名詞，pî（ㄅㄧ5）應作「脾」，有作「脬」者，實不妥，說文：「脬，旁光也」，即膀胱，乃腹中水府，後用以稱鼓起而鬆軟之物，如魚脬，借作量詞則多用於屎尿，元尚仲賢氣英布第三折：「適纔俺大王見他時，先該……撒脬尿在裡面」，所謂「一脬尿」即一泡尿，「脬」作量詞，河洛話讀pû（ㄅㄨ5）。

0495 大貝湖、大埤湖【大陂湖】

　　「大貝湖」是一處風景名勝，又名澄清湖，位於高雄市鳥松區，地方誌說：該湖泊形似大貝，故名大貝湖。

　　「長埤湖」也是一處風景名勝，位於宜蘭縣三星鄉，早期又名九芎湖，湖泊終年不乾涸，且能自動調節水位，有說湖水來自雨水匯集，亦有說自地下湧泉形成。

　　「大貝湖」和「長埤湖」，後兩字讀音相同，皆讀pi-ô（ㄅ一-1-ㄛ5），相異的第一字，一是「長」，一是「大」，皆狀詞，用來形容「埤湖」，顯然「大貝湖」的寫法有問題，但撰寫地方誌的人寫錯字，還瞎編理由自圓其說。

　　舉凡溝、渠、池、潭、湖……等皆下凹積水地形，pi（ㄅ一1）亦是，宜作「陂」，說文：「陂，一曰池」，然今人多寫「陂」為「埤」，實無據，因「埤」為下溼之地，非積水之池，故前述二名勝宜作「大陂湖」、「長陂湖」。

　　另，高雄市杉林區不產杉，卻名「杉林區」，其實應作「森林區」，「路竹區」應作「蘆竹區」，高雄市「二苓」因鳳山延伸兩條小山陵而得名，應作「二陵」。

0496　別飯、飯飯、杷飯、飽飯【扒飯】

　　臺灣漢語辭典：「快食曰piah（ㄅㄧㄚㄏ4），相當於飯、杷、飽」。按飯、杷、飽作食義，可行，但「飯png（ㄅㄥ7）」、「杷pê（ㄅㄝ5）」、「飽pá（ㄅㄚ2）」，皆非入聲字，與口語音piah（ㄅㄧㄚㄏ4）不合。

　　高階標準臺語字典則作「別」，以為「別piat（ㄅㄧㄚㄉ4）」作剖開、解、扳義，後轉作食義，讀piah（ㄅㄧㄚㄏ4），為食的最不雅講法，如別別咧著走【吃完就走】、你得別與飽【你要吃飽】。

　　按「吃飯」一詞，河洛話亦說pê-png（ㄅㄝ5-ㄅㄥ7），即北京話「扒飯」，「扒」係以手或工具使東西聚攏，進而做划進或划動之動作，與「杷【如杷粟仔】」、「爬【如搔爬】」義同，故河洛話說吃飯即成二說，一為「杷飯pê-png（ㄅㄝ5-ㄅㄥ7）【或作「爬飯」】」，一為「扒飯piah-png（ㄅㄧㄚㄏ4-ㄅㄥ7）」，廣韻：「扒，彼列切，音別piat（ㄅㄧㄚㄉ4）」，音轉piah（ㄅㄧㄚㄏ4）。

　　扒飯、扒菜、扒肉俗略稱「扒」，「扒」遂作食義，如扒一大碗麵、扒扒咧著走。

後壁、後鄙【後背】

　　大概因為臺南市有個「後壁區」的關係，很多人把「後面」的河洛話āu-piah（ㄠ7-ㄅ一ㄚㄏ4），寫做「後壁」，如此一來，「後壁」便有三義，一指地區名，一指後面的牆壁，一指後面。

　　āu-piah（ㄠ7-ㄅ一ㄚㄏ4）寫做「後背」似乎較佳，其一，若將「後背」與其反義詞「前面」相較，除「前」與「後」明顯相對，「面」與「背」亦明顯相對【觀諸「面山背海」、「面從背言」、「面是背非」、「面譽背讒」等成語，「面」與「背」本就相對】，「面」代表前，「背」代表後；其二，韻書雖注「背」音puē（ㄅㄨㄝ7），然就造字原理看，「背」字從月【肉】北聲，是個形聲字，口語可讀「北pak（ㄅㄚㄍ4）」，事實上，pak（ㄅㄚㄍ4）與piah（ㄅ一ㄚㄏ4），只差一個i（一）音，聲音可通。

　　或有作「後鄙」，按「鄙」字有古區域名、野、角、邊邑、郊外諸義，與地理空間有關，適合用來指稱位置或方位，以「後鄙」表後面，義可行，但是韻書注「鄙」讀做pí（ㄅ一2），調不符。

0498 壁宋盼、別宋販、騙惷胖【蔽宋販、蔽惷胖、弊宋販、弊惷胖】

　　對愚笨而易受騙者進行欺騙，河洛話稱為piah-sòng-phàn（ㄅ一ㄚㄏ4-ㄙㄛㄥ3-ㄆㄢ3），俗作「壁宋盼」，純屬記音寫法，義不可行。

　　臺灣漢語辭典作「騙惷胖」：「俗以欺人為piah（ㄅ一ㄚㄏ4），相當於騙，正字通：騙，今俗借為誆騙字」，又曰：「俗以愚笨為sòng-phàn（ㄙㄛㄥ3-ㄆㄢ3），相當於惷胖，水滸傳第三回：惷胖不識字，只把頭搖」，但「騙phiàn（ㄆ一ㄢ3）」並不讀入聲，與piah（ㄅ一ㄚㄏ4）聲調不合，作「騙惷胖」義合，音不合。

　　高階標準臺語字典作「別宋販」，謂欺騙老實無見識之人，以為「別piat（ㄅ一ㄚㄉ4）」作剖開、解、扳義，後轉為騙奪義，讀做piah（ㄅ一ㄚㄏ4），因宋販老實可欺，故有「別宋販」語。

　　piah（ㄅ一ㄚㄏ4）既指蒙蔽欺瞞，應作「蔽」、「弊」，蔽，遮掩也，覆蓋也，隱蔽也，亦即蒙蔽，如蔽上、蔽主、蔽掩、蔽欺……，易明夷注：「蔽偽百姓」，釋文：「蔽偽，本或作弊偽」，可見蔽與弊通，皆讀piah（ㄅ一ㄚㄏ4）【作弊的「弊」即讀此音】。

別籤、白籤、闢籤、破籤【卜籤】

人到廟裡抽籤後，請廟公解析籤詩，稱pik-tshiam（ㄅㄧㄍ4-ㄑㄧㄚㄇ1）或piak-tshiam（ㄅㄧㄚㄍ4-ㄑㄧㄚㄇ1），寫法甚多，如別籤、白籤、闢籤、破籤。別piat（ㄅㄧㄚㄉ8），分辨也，辨明籤詩故稱「別籤」；白pik（ㄅㄧㄍ8），明白也，明白籤詩故稱「白籤」；闢phik（ㄆㄧㄍ4），闢開也，解開籤詩內容故稱「闢籤」；破phah（ㄆㄚㄏ4），破解也，破解籤詩故稱「破籤」；似都有理。

俗說「抽靈籤卜聖卦」的「卜」俗讀pok（ㄅㄛㄍ4）、pik（ㄅㄧㄍ4）、puah（ㄅㄨㄚㄏ8），白虎通蓍龜：「卜，爆見兆也」，灼剝龜而使爆裂，出爆聲，現兆象，說「卜」音如「爆piak（ㄅㄧㄚㄍ4）」，亦無不可。

卜，占卜也，亦解占也，作推斷、預料義，史記孫子吳起列傳：「試延以公主，起有留心則必受之，無留心則必辭矣，以此卜之」，孫光憲北夢瑣言卷五：「盧雖人物甚陋……，以是卜之，他日必為大用乎」。

故pik-tshiam（ㄅㄧㄍ4-ㄑㄧㄚㄇ1）【piak-tshiam（ㄅㄧㄚㄍ4-ㄑㄧㄚㄇ1）】，可作「卜籤」。

0500 在壁壁【在板板】

「在」从土才聲，可讀tshāi（ㄘㄞ7），作種植、設置解，如在柱仔、在菜瓜棚、在電火柱……，莊子篇名「在宥篇」亦是，不過「在」俗多讀tsāi（ㄗㄞ7），如實在、存在、在朝、在先。

河洛話說「穩固不動搖」為tsāi（ㄗㄞ7），亦應作「在」，乃種植、設置之衍伸義，作設植穩妥義【見0837篇】。

俗說非常穩固為tsāi-piak-piak（ㄗㄞ7-ㄅㄧㄚㄍ4-ㄅㄧㄚㄍ4），有作「在壁壁」，借「壁」之堅固穩定以狀安定貌，「壁piah（ㄅㄧㄚㄏ4）」音轉piak（ㄅㄧㄚㄍ4）。

或亦可作「在板板」，爾雅釋訓：「版版，失道之僻也」，禮記緇衣：「上帝板板」，注：「板板，辟也」，可見「板」通「僻phiah（ㄆㄧㄚㄏ4）」，音轉piak（ㄅㄧㄚㄍ4），如「板鼓」民間即讀piak-kó͘（ㄅㄧㄚㄍ4-ㄍㄛ2）。

通俗編：「豹隱紀談，板板六十四」，中文大辭典注：「板板，俗以稱拘定不活動者」，故將「穩固不動搖」寫做「在板板」，音義皆可行。

釀語言02　PD0009

 河洛話一千零一頁（卷二K~P）
　　　　——一分鐘悅讀河洛話

作　　　者	林仙龍
責任編輯	林千惠
圖文排版	陳宛鈴
封面設計	王嵩賀

出版策劃	釀出版
製作發行	秀威資訊科技股份有限公司
	114 台北市內湖區瑞光路76巷65號1樓
	電話：+886-2-2796-3638　傳真：+886-2-2796-1377
	服務信箱：service@showwe.com.tw
	http://www.showwe.com.tw
郵政劃撥	19563868　戶名：秀威資訊科技股份有限公司
展售門市	國家書店【松江門市】
	104 台北市中山區松江路209號1樓
	電話：+886-2-2518-0207　傳真：+886-2-2518-0778
網路訂購	秀威網路書店：http://www.bodbooks.com.tw
	國家網路書店：http://www.govbooks.com.tw
法律顧問	毛國樑　律師
總 經 銷	聯合發行股份有限公司
	231新北市新店區寶橋路235巷6弄6號4F
	電話：+886-2-2917-8022　傳真：+886-2-2915-6275

出版日期	2011年8月　BOD一版
定　　　價	350元

國家圖書館出版品預行編目

河洛話一千零一頁. 卷二K~P, 一分鐘悅讀河洛話 / 林仙龍作.
-- 一版. -- 臺北市：醸出版, 2011.08
　　面；　公分. --（學習新知類；PD0009）
BOD版
ISBN　978-986-6095-22-1（平裝）

　1.閩南語　2.詞彙

802.52322　　　　　　　　　　　　　　100006810

讀 者 回 函 卡

感謝您購買本書，為提升服務品質，請填妥以下資料，將讀者回函卡直接寄回或傳真本公司，收到您的寶貴意見後，我們會收藏記錄及檢討，謝謝！
如您需要了解本公司最新出版書目、購書優惠或企劃活動，歡迎您上網查詢或下載相關資料：http:// www.showwe.com.tw

您購買的書名：_____

出生日期：_____年_____月_____日

學歷：□高中 (含) 以下　　□大專　　□研究所 (含) 以上

職業：□製造業　□金融業　□資訊業　□軍警　□傳播業　□自由業
　　　□服務業　□公務員　□教職　　□學生　□家管　　□其它_____

購書地點：□網路書店　□實體書店　□書展　□郵購　□贈閱　□其他

您從何得知本書的消息？

　□網路書店　□實體書店　□網路搜尋　□電子報　□書訊　□雜誌
　□傳播媒體　□親友推薦　□網站推薦　□部落格　□其他_____

您對本書的評價：(請填代號　1.非常滿意　2.滿意　3.尚可　4.再改進)

　封面設計____　版面編排____　內容____　文／譯筆____　價格____

讀完書後您覺得：

　□很有收穫　□有收穫　□收穫不多　□沒收穫

對我們的建議：_____

_____

_____

_____

11466
台北市內湖區瑞光路 76 巷 65 號 1 樓

秀威資訊科技股份有限公司　　　收

BOD 數位出版事業部

....

（請沿線對折寄回，謝謝！）

姓　　名：＿＿＿＿＿＿＿＿＿　年齡：＿＿＿＿　性別：□女　□男

郵遞區號：□□□□□

地　　址：＿＿＿＿＿＿＿＿＿＿＿＿＿＿＿＿＿＿＿＿＿

聯絡電話：(日) ＿＿＿＿＿＿＿＿＿　(夜) ＿＿＿＿＿＿＿＿＿

E-mail：＿＿＿＿＿＿＿＿＿＿＿＿＿＿＿＿＿＿＿＿＿